변신

변신

초판 1쇄 인쇄 | 2004. 2. 11
2판 9쇄 발행 | 2024. 1. 18

지은이 | 프란츠 카프카
옮긴이 | 박환덕 · 김영룡
드로잉 | 육근영
본문디자인 | 토월기획
펴낸이 | 박옥희
펴낸곳 | 도서출판 인디북

등록일자 | 2000. 6. 22
등록번호 | 제 10-1993호
주　소 | 서울특별시 마포구 신수로 25-12 (현석동) 1층
전　화 | 02)3273-6895
팩　스 | 02)3273-6897
E-mail | indebook@hanmail.net

ISBN 978-89-5856-102-6　03850

변신

프란츠 카프카 지음 | 박환덕·김영룡 옮김

인디북

프란츠 카프카는 1883년 7월 3일 프라하에서 태어나 1924년 6월 3일 비엔나 교외의 한 결핵 요양소에서 그리 길지 않은 생애를 마쳤다. 카프카의 일생은 그의 사후, 작가로서 누린 명성에 비하면 극히 평범한 삶의 연속이었다. 요양을 위한 몇 번의 여행을 제외하고는 거의 고향 프라하를 떠나 본 적이 없었다. 동시대의 저명한 작가들과 교분도 없이 마치 외로운 섬과도 같은 변경의 도시 프라하에서 평범한 급여 생활자의 삶을 영위하며, 근무시간 이후에 틈틈이 자신의 글쓰기 작업을 계속하였다. 카프카는 유태계 상인 가정에서 태어나 독일계 김나지움을 다니고, 프라하 대학에서 법학을 공부하였다. 1906년 학위를 취득하고 노동자재해보험국의 관리로 들어가서 1922년 폐결핵 발병으로 퇴직할 때까지 근무하였다. 그는 세 차례 약혼하였으나 결국 모두 파혼했다. 그중 두 차례는 펠리체 바우어와, 한 번은 율리에 보리체크와의 약혼이었다. 또한 카프카는 밀레나 예젠스카와 짧지 않은 교제를 하였을 뿐 아니라, 임종을 같이 한 도라 디아만트와의 행복했던 결합의 시기도 있었지만, 결혼생활이 자신의 작가로서의 삶에 방해가 된다는 믿음에는 변함이 없었다. 그러나 카프카의 일생은, 외면상으로는 파란이 없는 일상적인 삶의 연속이었을지언정 내면으로는 극히 불행한 고뇌의 41년이었다.

　카프카의 고뇌는 그의 탄생과 함께 부여된 운명적인 이중성과 경계적인 삶에서 기인한다. 그는 유태인으로 태어났으나, 그의 가문은 일찍이 유럽문화 토대에 안착한 서방 유태인에 속했다. 그러나 유태인으로 태어났으니 기독교 세계에는 영원히 속할 수가 없었다. 그는 체코의 중심부에서 살아가지만 독일어를 사용하는, 독일문화에 익숙했던 영원한 이방인으로서 고향 프라하를 지키며 살았다. 그는 프라하에 거주하는 다른 독일어 사용자들과는 달리 보헤미아계 독일인도 아니었고, 그의 근원은 오스트리아에 뿌리를 두지도 않았다. 또한 노동자재해보험국의 관리였으니 일반 서민계급은 아니었으며, 공장주의 가문에서 태어났으니 노동자계급도 아니었다. 그는 일상적인 가정생활을 포기하면서까지 작가이길 자처했지만 완전한 의미에 있어서의 작가도 아니었다. 그는 많은 세계에 조금씩 속하면서 그 어느 것에도 속하지 않는, 태어나면서부터의 '이방인'이었다. 그의 전기적 요소가 지닌 이러한 양가성 때문에 카프카 문학의 주체들은 곧잘 분열된 자아의 양상을 상징적으로 보여 주고 있다.

존재한다는 것은 어느 한 세계에 소속하는 것을 의미한다. 어떠한 세계에도 소속하지 않는 것은 존재가 아니다. '세계'라고 하는 좌표에 소속되었을 때에야 비로소 존재는 의미를 갖는다. 카프카는 어느 세계에도 소속할 수 없는 이방인이라고 하는, 즉 존재의 상실이라는 원죄를 걸머지고 태어났다. 이 때문에 그의 전 생애의 고뇌와 노력은 어떻게 하면 일상세계 안으로 들어갈 수 있으며 그 세계에 소속할 수 있을 것인가, 즉 어떻게 하면 존재의 가치를 얻을 것인가 하는 점에 쏠려 있었다.

카프카는, "한 인간은 그 자신의 인생을 살아가는 방식을 자유로이 선택할 수 있다고 믿고 있지만, 결국 '미로와 같은 길'을 걷고 있는 것"이라고 말한다. 인생은 말하자면 인간의 의지가 자유롭든 부자유스럽든 그것과는 아무 상관없어 보이는, 끝없이 방황하는 오디세이와 같은 것이리라. 따라서 미로 같은 인생은 내면세계와 외부세계의 일견 상호 배타적이지만 의존적 상황을 보여 주는 본보기로 여겨지고 있으며, 카프카의 '문학 속으로의 도피'는 삶 자체가 더 이상 지니고 있지 못하는 삶의 의미에 대한 추구로 이해되어진다. 카프카의 소설이 무한히 계속되면서 완결이나 본래적인 종말을 갖지 못하는 이유도 여기에서 찾을 수 있다. 그의 소설은 인간 개개인의 어떤 문제를 특정한 방법으로 형태화시켜 결론으로 끌어가는 것이 아니라 인간 존재의 모형을 창조하며, 그

무형 또한 본질상 완결될 수 없는 것이다.

카프카의 문학은 고전적인 미학이 붕괴되고, 새로운 형이상학적 미학이 대두된 20세기 초, 인간 존재의 문제가 예술영역 특히 문학 분야에서 크게 부각된 시기에 탄생하였다. 새로운 시대는 새로운 형식을 필요로 하며, 새로운 형식에 대한 올바른 이해는 새로운 태도를 필요로 한다. 카프카의 문학이 독자에게 주는 어떤 낯설음과 당혹감의 본질은, 그의 문학적 형상들이 한편으로는 일상세계에서 일어나고 있는 소외화 과정과, 다른 한편으로는 그 결과 나타나는 주체의 소외되고 왜곡된 자아 사이의 모순을 형상화하고 있다는 데 있다. 이 책에 실린 〈변신〉과 〈유형지에서〉는 카프카 문학의 이러한 특성을 가장 잘 나타내는 대표적인 작품이다. 카프카는 자신의 글쓰기 소재이자 주제였던 자신의 삶, 그 자체에 대한 미련을 포기함으로써 자신의 삶이 지닌 미궁에서 탈출하려 하였지만, 이 글을 읽는 독자들은 카프카의 지난한 오디세이 속에서 삶을 풍요롭게 할 지혜를 찾아나서는 여행을 준비할 수 있길 바란다.

2004년 1월

옮긴이

변신 • • • • •
차례

004   이 책을 읽기 전에

011   변신

123   유형지에서

185   작품 해설

201   작가 연보

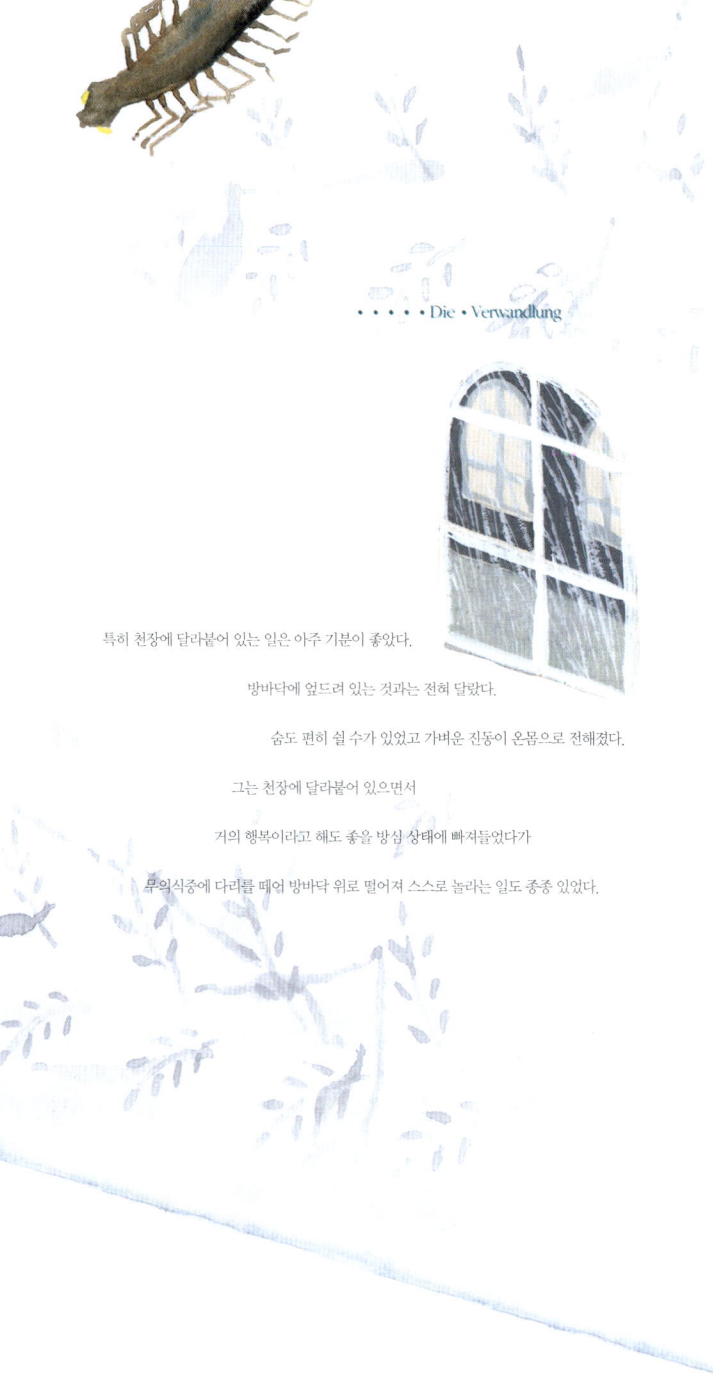

• • • • • Die • Verwandlung

특히 천장에 달라붙어 있는 일은 아주 기분이 좋았다.

방바닥에 엎드려 있는 것과는 전혀 달랐다.

숨도 편히 쉴 수가 있었고 가벼운 진동이 온몸으로 전해졌다.

그는 천장에 달라붙어 있으면서

거의 행복이라고 해도 좋을 방심 상태에 빠져들었다가

무의식중에 다리를 떼어 방바닥 위로 떨어져 스스로 놀라는 일도 종종 있었다.

변신

Die Verwandlung

F. Kafka

1

어느 날 아침, 그레고르 잠자는 불안한 꿈에서 깨어나자 자신이 침대 속에서 한 마리의 흉측한 벌레로 변해 있는 것을 발견했다. 그는 갑옷처럼 딱딱한 등을 밑으로 하고 위를 쳐다보며 누워 있었다. 머리를 약간 쳐들자, 활 모양의 각질이 골을 이룬 부풀어 오른 갈색의 복부가 보였다. 이불은 금방이라도 완전히 미끄러져 내릴듯이 복부의 가장 볼록한 부분에 간신히 걸쳐 있었다. 다른 몸통 크기에 비해서 가련할 정도로 가느다란 수많은 다리들이

어찌할 바 모르게 그의 눈앞에 가물거리고 있었다.

'이게 도대체 어떻게 된 일인가.' 하고 그는 생각했다. 꿈은 아니었다. 주위를 둘러보니 매우 작기는 하지만, 어쨌든 인간이 사는 보통 방, 평소와 다름없는 자신의 방이었다. 사방의 벽도 눈에 익은 바로 그 벽이었다. 테이블 위에는 따로따로 만들어 놓은 옷감 견본 꾸러미들이 여기저기 잡다하게 흩어져 있었다 — 잠자는 외판원이었다. 테이블 위의 벽에는 그림이 걸려 있는데, 얼마 전에 화보에서 오려 내어 예쁜 금박 액자에 넣어서 걸어 놓은 것이다. 그것은 어떤 부인의 자태를 묘사한 것으로, 그녀는 모피 모자에 모피 목도리를 두르고 커다란 모피 토시 속에 푹 집어넣은 양팔을 앞으로 내민 자세로 단정하게 의자에 앉아 있었다.

그레고르는 창밖을 보았다. 음산한 날씨가 그의 기분을 몹시 우울하게 만들었다 — 창틀의 양철판을 두드리는 빗방울소리가 들린다. '좀 더 잠을 자 두기로 하자. 그리고 이런 바보 같은 생각은 더 이상 하지 말자.'라고 그는 생각했다. 그러나 그것은 전혀 불가능한 일이었다. 왜냐하면 그레고르는 오른쪽으로 돌아누워서 잠을 자는 습관이 있었는데, 현재와 같은 몸 상태로는 그것이 불가능하였기 때문이다. 아무리 열심히 오른쪽으로 돌아누우려 해도, 그때마다 몸이 흔들리다 결국 위를 향해 누운 본래의 자세로 되돌아가 버리고 마는 것이었다. 백 번도 더 시도해 보았을 것이다. 그동안에도 눈은 감은 채로 있었다. 눈을 뜨게 되면 허우적거리는 수많은 다리들을 보지 않을 수 없기 때문이다. 갑자기 옆구리 근처에서 이제까지 경험한 적이 없었던 가벼운 통증이 느껴지기 시작했다. 그래서 하는 수 없이 오른쪽을 밑으로 하고 자려던 노력은 그만두어야 했다.

그레고르는 생각했다. '제기랄! 어째서 나는 이런 고된 직업을 선택하게 되었을까! 날이면 날마다 여행 또 여행이다. 사무실에서의 근무도 여러 가지 귀찮은 점이 있기는 하지만, 외판에 따르는 고생은 더욱 각별한 것이다. 게다가 여행에 따르는 고초만은 어떻게 할 수가 없다. 열차 시간에 대한 걱정과 불규칙하고 조잡한 식사, 게다가 끊임없는 사람과의 접촉도 그렇다. 상대가 일 년 내내 바뀌고, 한 사람과의 교제도 오래 지속된 적이 없어 정말로 친해지는 사람은 하나도 없다. 이 얼마나 지긋지긋한 일인가!'

복부 위쪽이 어쩐지 좀 가려웠다. 머리를 좀 더 높이 쳐들 수 있도록 드러누운 채 조금씩 몸을 침대 손잡이 기둥 쪽으로 밀고 올라가서 보니 그 가려운 자리가 보였다. 그곳에는 온통 조그맣고 하얀 점들이 가득 붙어 있었다. 그것이 무엇인지는 알 수가 없다. 다리 하나를 사용해서 그 자리를 만져 보려고 했으나, 이내 다리를 움츠리고 말았다. 다리가 슬쩍 그곳에 닿자 오싹 소름이 끼쳤기 때문이다.

그는 다시 몸을 끌고 앞서의 위치로 돌아갔다. 그는 생각했다. '너무 일찍 일어나서 이렇게 바보가 되어 버린 걸 거야. 사람은 잠을 충분히 자지 않으면 안 되는데. 다른 외판원들은 마치 후궁後宮의 궁녀들처럼 지내고 있지 않은가. 예를 들면, 내가 밖에서 일을 한 가지 끝내고 오전 중에 숙소로 돌아와서 주문받은 것을 정리하고 기입해 둘 때에야 비로소 그들은 아침 식사를 시작하지 않던가. 만약 내가 그런 짓을 한다면 사장은 나를 당장에 파면시켜 버릴 거야. 나도 당연히 그런 식으로 여유 있게 살아 보고 싶어. 부모님 때문에 이렇게 참고는 있지만, 그렇지 않다면 벌써 사표를 던졌을 거야. 사장 앞으로 거침없이 걸어가서 내가 생각하고 있는 바를 주저 없이 털어놓으면, 그는 놀라서 책상 아래로 굴러 떨어지고 말걸. 여하간에 사장이 책상 위에 걸터앉아 어깨 너머로 사원들을 내려다보며 이야기하는 것은 고약한 버릇이야. 게다가 귀까지 멀어서 그에게 말할 때는 사원들이 아주 가까이 다가가지 않으면 안 되잖아. 그러나 전혀 희망이 없는 것도 아니야. 부모님이 진 빚을 갚을 수 있는 돈만 모아진다면 ― 아마도 5, 6년 후의 일이 되겠지만 ― 그렇게만 되면 나는 단연코 결행할 거야. 그것이 내 인생의 일대 전환기가 되겠지. 그것은 그렇다 치고, 자아, 지금은 일어나야만 돼. 기차는 5시에 출발하니까.'

그는 옷장 위에서 재깍거리는 자명종시계를 쳐다보았다.

큰일 났다! 시계는 6시 반이었다. 시곗바늘은 이미 30분을 지나, 거의 45분에 가까워지고 있었다. 종이 울리지 않았던가. 정각 4시에 울리도록 맞추어 놓은 것은 침대에서 보아도 알 수 있다. 틀림없이 울리긴 울렸을 것이다. 그렇다면 방 안 가득히 울리는 종소리에도 눈을 뜨지 않고 편안히 잠을 잤다는 것이 있을 수 있는 일인가? 그러나 그는 밤새도록 편안하게 잘 잔 것만은 아니었다. 편안히 자지 못했기 때문에 시계가 울린 뒤에 더욱 정신없이 곯아떨어졌는지도 모른다. '그러나저러나 이제 어떻게 하면 좋지? 다음 기차는 7시에 있으니, 그 기차 시간에 맞추려면 미친 듯이 서둘러야만 할 텐데.' 그런데 견본들은 아직 포장조차 되어 있지 않았다. 그리고 그의 기분도 결코 활기차거나 유쾌한 것은 아니었다.

'설사 기차 시간에 댄다 해도 사장의 불벼락을 피할 수는 없을 거야. 5시 기차로 내가 오기만을 기다리던 그 사환 아이가, 제시간에 나오지 않은 것을 이미 오래전에 사장에게 일러바쳤을 텐데. 그놈은 사장의 마음에 든 아첨꾼으로, 줏대도 없고 이해심도 없는 놈이니까. 그럼 몸이 아프다고 말하면 어떨까? 그러나 그것은 더없이 괴로운 일이야. 또 수상쩍게 생각할 것이 틀림없어. 왜냐하면 나는 지난 5년 동안 외판원 생활을 하면서도 아직껏 앓아 본 일이 없으니까. 또 아프다고 말하면 사장은 건강 보험의를 데리고 올 것이고, 자식의 태만에 대해 부모님을 힐책할 것이다. 그 의사에게 일단 진찰을 받게 되면 아무리 발뺌을 해도 만사가 끝장이 날 것이다. 사실 그 건강 보험의가 본다면 내 몸에는 아무런 이상도 없고 단지 일하기 싫어 꾀부리는 사람으로만 보일 것이다. 그러나 사실 지금 같은 경우 보험의가 나쁘다고만 할 수는 없어.' 지금까지 그레고르는 오랫동안 잠을 푹 자고 난 후엔 여전히 피곤하긴 했으나 몸만은 개운했으며, 다소 강한 식욕까지도 느끼지 않았던가.

그가 이런 순간적인 생각들에 빠져 있다가, 이제 잠자리에서 일어나야겠다고 결심했을 때 — 그때 시계가 6시 45분을 쳤다 — 마침 침대 머리맡 쪽에 있는 문을 조심스럽게 두드리는 소리가 들렸다. "그레고르야." 하고 어머니가 부르는 소리였다. "6시 45분이다. 일 안 나가니?" 저 부드러운 목소리! 그러나 그레고르는 거기에 대답하는 자신의 목소리를 듣고 깜짝 놀랐다. 물론 어김없는 이제까지의 자신의 목소리임에 틀림없었지만, 어제까지의 자신의 목소리 속에, 말하자면 밑으로부터 어떻게 할 수도 없는 괴로운 듯한 찍찍거리는 소리가 섞여 나오는 것이었다. 처음에 튀어나온 말소리는 확실히 뚜렷했지만 그 다음부터는 이 찍찍거리는 소리가 말 끝머리를 심히 애매한 것으로 만들어 버려, 듣고 있는 상대방이 이쪽 말을 제대로 알아들을 수 있을는지 의심스러울 정도였다. 그레고르는 자세하게 모든 것을 설명하려고 생각했지만, 이렇게 대답할 수밖에 없었다. "네! 네! 어머니 고맙습니다. 지금 일어납니다." 문은 나무판자로 되어 있으므로 그레고르의 목소리가 변했다는 것을 문 바깥쪽에 있는 사람은 아마 모를 것이다.

어머니는 그의 대답에 안심하고 다리를 끌며 가 버렸다. 그러나 이 간단한 대화로 다른 가족들은 뜻밖에도 그레고르가 아직 출발하지 않았다는 것을 알고 말았다. 과연 다른 쪽 문을 아버지가 주먹으로 가볍게 두드렸다.

"그레고르, 그레고르! 도대체 왜 그러느냐?" 하고 소리를 질렀다. 그리고 잠시 후 한층 목소리를 낮추어, "애야, 그레고르!" 하고 아버지는 재촉을 했다. 그러자 맞은편 다른 문 밖에서 누이동생이 작은 목소리로 걱정스럽게 애원하는 것이었다. "오빠, 몸이 편찮으세요? 무슨 일이 일어났나요?"

그레고르는 그 양쪽을 향해서 "이제 준비 다 되었어요."라고 대답하며, 한 마디 한 마디를 신중하게 발음하고, 말과 말 사이에 길게 간격을 두어 자신의 목소리가 이상하게 울리는 것을 막으려고 애썼다.

아버지는 다시 아침 식사를 하려고 되돌아갔으나, 누이동생은 아직 문 뒤에 서서 "그레고르, 문 좀 열어 주세요. 네, 부탁이에요." 하고 애원했다. 그러나 그는 결코 문을 열 수가 없었다. 오히려 여행 중의 습관대로 밤에 모든 문의 빗장을 걸어 둔 자신의 조심성에 감사했을 정도였다.

그는 다른 사람에게 방해받지 않고 조용히 일어나서 옷을 입은 다음 어쨌든 아침 식사를 하고, 그것이 끝난 후에 비로소 그 다음 일을 생각하려고 마음먹었다. 이불 속에서 아무리 고민을 하고 있어 본들, 분별 있는 결론에 도달하지 못하리라고 생각했기 때문이었다. 가만 생각해 보니 불편한 잠자리로 인해서 몇 번인가 가벼운 통증을 느껴 일어나 보면 — 아마도 그것은 잠을 험하게 잤기 때문인지도 모르지만 — 그 고통이 전혀 망상이었던 적이 이전에도 자주 있었다. 그러니 오늘 여러 가지 상태도 어떻게든 풀려 갈 것이라고 생각하며 그레고르는 긴장해서 자신을 살피고 있었다. 목소리가 변해 버린 것도 심한 감기, 즉 계속해서 여행을 해야 하는 외판원의 고질적인 직업병의 전조에 불과할 것이라고 그는 마음속으로 생각했다.

이불을 걷어치우는 일은 지극히 간단하였다. 그저 숨을 약간 들이마셔 배를 부풀리자, 이불은 자연히 밑으로 굴러 떨어졌다. 그런데 그 다음 일이 어려웠다. 그것은 그의 몸이 유별나게 넓었기 때문이다. 몸을 일으키려면 팔과 손의 도움을 받아야 되는데, 그 팔과 손 대신에 현재 있는 것은, 끊임없이 제멋대로 움직이는 수많은 조그마한 다리들뿐이었고, 또 그 다리조차도 그의 마음대로 움직여 주지 않았다. 예를 들면 하나의 다리를 구부리려고 하면, 그 다리는 도리어 죽 뻗어 버리고, 그래도 이럭저럭 그 다리를 사용해서 자신이 하려는 일을 끝마치면, 그동안 다른 모든 다리들이 마치 겨우 해방이라도 된 것처럼 요란스럽게 꿈틀거리는 것이었다. "침대 속에서 더 이상 꾸물거려 보았자 아무 소용이 없다." 하고 그레고르는 혼자 중얼거렸다.

우선 그는 몸의 하반신부터 침대 밖으로 끌어내 보려고 했으나, 그가 아직 자신의 눈으로 보지도 못했으며, 또 어떻게 생겼는지 짐작조차 할 수 없는 그 하반신을 활발하게 움직이는 것이 매우 어렵다는 것을 깨달았다. 그 일은 많은 시간이 걸렸고 매우 힘이 들었다. 그래서 끝내는 있는 힘을 다해서 앞뒤 생각없이 하반신을 앞으로 마구 밀고 갔다. 그런데 방향이 잘못되어 침대 다리 쪽 기둥에 심하게 부딪치고 말았다. 그는 불에 데인 듯한 화끈한 통증을 느꼈다. 그는 바로 그 통증 때문에 하반신이야말로 가장 감각이 예민한 부분이라는 것을 깨닫게 되었다.

그래서 이번에는 먼저 상반신을 침대 밖으로 끌어내 보려고 조심스럽게 머리를 침대 가장자리 쪽으로 돌렸다. 그 일은 힘들이지 않고 할 수 있었다. 하여튼 몸통은 그 폭이나 무게가 볼품없이 컸지만, 그래도 서서히 머리의 회전에 따라 움직여 주었다. 그러나 막상 침대 밖으로 나가려니 불안한 마음이 생겼다. 이런 방법으로 침대 밖으로 나가다가는 아무래도 결국은 그대로 침대 밑으로 떨어져 버리게 될 것이고, 그렇게 되면 기적이 일어나지 않는 한 머리 부분은 무사하지 못할 것이다. 이런 경우 무엇보다 중요한 것은 정신을 똑바로 차리는 것이라고 그는 생각했다. 그래서 차라리 이대로 침대에 머무는 쪽으로 그는 마음을 돌렸다.

그러나 그는 먼저처럼 갖은 애를 쓴 후에야 한숨을 쉬면서 다시 본래의 자리에 누울 수 있었다. 그는 눈앞에서 조금 전보다 더 악이 오른 듯이 서로 엉켜 싸우고 있는 자신의 가느다란 다리들을 보았을 때, 이 대소동에 안정과 질서를 가져다줄 방법은 없음을 깨달았다.

그는 중얼거렸다. "더 이상 침대에 그냥 누워 있을 수만은 없어. 설령 침대 밖으로 나갈 수 있는 가망이 거의 없다고 할지라도, 모든 것을 희생해서라도 여기를 벗어나는 것이 현명해." 그와 동시에 그는 자포자기하는 것보다는 심사숙고하는 쪽이 훨씬 낫다는 생각도 해 보았다. 그러면서 때때로 날카로운 시선을 창 쪽으로 돌렸다. 그런데 유감스럽게도 창밖에는 아침 안개가 좁은 골목

건너편에 늘어선 집들까지도 뒤덮고 있어서 창문을 통해 밖을 바라보아도 자신감이나 상쾌함을 느낄 수 없었다. 자명종시계가 7시를 알리자 그는 중얼거렸다. "벌써 7시인데 아직 저렇게 안개가 짙다니." 그리고 그는 잠시 동안 이렇게 가만히 있으면 혹시 평소의 상태로 되돌아가는 것은 아닌가 하고 기대라도 하듯 숨을 모으고는 조용히 누워 있었다.

그러나 그는 또다시 중얼거렸다. "7시 15분까지는 무슨 일이 있어도 침대에서 빠져나가 있어야만 한다. 그때쯤이면 아마 나를 만나기 위해 회사에서 누군가가 찾아올 것이다. 회사가 문을 여는 것은 7시 전이니까."

그는 이번엔 몸 전체를 완전히 균형을 잡아 옆으로 흔들면서 끌고가 한꺼번에 침대 밑으로 떨어뜨리려고 했다. 머리나 하반신이 먼저 떨어지지 않도록 몸 전체를 동시에 침대에서 굴러 떨어뜨리면서 신중하게 머리를 급히 위쪽으로 치켜들면 아마도 머리는 안전할 수 있으리라. 등은 단단하니까 융단 위에 떨어져도 별 탈은 없을 것이다. 무엇보다 걱정이 되는 것은 추락시에 생길 꽝 하는 소리였다. 그 소리는 집안사람들을 크게 놀라게 하지는 않을지라도, 무슨 일이 일어났을까 하고 그들을 불안하게 할 것이다. 그러나 그것도 부득이하다. 하여튼 침대 밖으로 나가지 않으면 안된다.

그레고르는 몸을 이미 절반쯤 침대 밖으로 내밀었을 때 — 이 새로운 방법은 노력이라고 하기보다는 차라리 장난이었다. 몸을 좌우로 조금씩 흔들어 굴려 가면 되기 때문이다 — 누군가가 조금만 도와준다면 일은 극히 쉽게 끝날 수 있다는 것을 깨달았다. 힘이 센 사람이 두 명만 와 준다면 — 그는 아버지와 하녀를 생각했다 — 충분할 것이다. 두 사람이 각자 그들의 팔을 둥글게 솟아오른 그의 등 밑에다 집어넣고 침대에서 그를 들어 올려 몸을 구부려 방바닥에 내려놓으면 될 것이다. 그리고 그가 방바닥에서 몸을 뒤집을 때까지 조금만 기다려 주기만 하면 된다. 그렇게만 되면 이 조그만 다리들에게도 의미가 생길 것이다. '문이 모두 잠겨 있지만 않다면 실제로 구원을 청할 수 있을 텐데.' 이런 곤경에 처해 있음에도 생각이 여기에 미치자 그는 웃음을 참을 수가 없었다.

그는 벌써 너무 세게 몸을 흔들어 균형을 잃고 침대에서 굴러 떨어지기 직전의 상태에까지 와 있었다. 우물쭈물하고 있을 수는 없었다. 이제 최종적인 결정을 내리지 않으면 안 된다. 앞으로 5분 후면 7시 15분이다. 그때 현관문에서 벨이 울렸다. "회사에서 누가 찾아왔구나." 하고 그는 중얼거렸다. 몸이 굳어져 버리는 것만 같았다. 그 와중에도 그의 다리들은 더욱 분주하게 허위적거리기 시작했다. 그 순간 집 안에서는 아무런 소리도 들리지 않았다. "아무도 문을 열어 주지 않는구나." 하고 그레고르는 중얼거리면서, 그 어떤 어리석은 희망에 매달려 보았다. 그러나 곧 평소와 같이 하녀가 힘찬 걸음걸이로 현관 쪽으로 걸어 나가서 문을 열어 주었다.

그레고르는 방문자의 인사말만 듣고도 그가 누구인지 알 수 있었다 ─ 그는 지배인이었다. 도대체 왜 자기는 잠깐 게으름을 피웠다고 해서 이내 의심을 받는 회사에 근무해야 하는 운명을 타고났을까? 외판원들이란 도대체가 너나 할 것 없이 모두 쓸모없는 건달들이란 말인가? 그들 중에는 아침에 두서너 시간 정도 일을 하지 못했다고 해서 양심의 가책을 느껴 얼이 빠질 지경이 되어 침대 신세를 지게 된, 그런 충실하고도 희생적인 사람이 한 사람도 없다는 말인가. 형편을 알아보기 위한 것이라면 사환 정도로도 충분하지 않을까 ─ 물론 그 '형편을 알아본다.'는 일이 필요할 때의 말이지만. 그런데 꼭 지배인이 직접 찾아오지 않으면 안 된

다는 말인가? 그래서 이 수상쩍은 사건의 조사를 지배인 이외의 사람에게는 맡길 수 없는 것 때문에, 죄 없는 가족에게까지 그 일이 알려져야만 된다는 말인가.

그레고르는 힘껏 침대에서 몸을 굴려 뛰어내렸다. 그것은 확고한 결단에서가 아니라, 이런저런 생각에 흥분을 해 버렸기 때문이다. 꽈당 하는 큰 소리가 났다. 그러나 그다지 큰 울림은 아니었다. 밑이 양탄자여서 사람들이 놀랄 만큼 둔탁한 소리는 나지 않았고, 등 껍질도 그레고르가 상상했던 것보다는 탄력이 있었다. 다만 머리를 조심스럽게 쳐들고 있지 않았던 탓으로 바닥에 약간 부딪쳤다. 그는 분노와 통증을 느끼며 아픈 머리를 양탄자에다 비벼 댔다.

"저 안에서 무엇이 떨어진 모양이군요."라고 말하는 지배인의 목소리가 왼쪽에 있는 옆방에서 들려왔다. 그레고르는 오늘 자신의 몸에 일어난 일이 언젠가는 지배인의 신상에도 일어날 수 있는 것이 아닐까 하고 상상해 보았다. 그런 일이 생기지 않는다고는 아무도 장담할 수 없다. 그런데 마치 그레고르의 이러한 생각에 대해서 대답이라도 하는 양, 옆방에서 지배인이 몇 발짝 거닐면서 에나멜 장화로 삐걱거리는 소리를 냈다.

그때 오른편 옆방에서 그레고르에게 지배인이 온 것을 알리는 누이동생의 속삭이는 목소리가 들려왔다. "오빠, 지배인님이 오셨어요."

"알고 있어." 하고 그레고르는 중얼거렸다. 그 중얼거림은 누이동생이 알아들을 수 없을 정도로 작았으나 감히 목소리를 높여 말할 수는 없었다.

"그레고르야." 이번에는 왼쪽 옆방에서 아버지의 목소리가 들렸다. "지배인께서 오셔서 네가 왜 아침 기차로 출발하지 않았느냐고 물으신다. 어떻게 대답을 해 드려야 좋으냐. 하여튼 너와 직접 얘기를 나누고 싶다고 하시니 문을 열어라. 뭐, 다소 어질러 놓았어도 그것은 양해하실 게다."

"여보게, 잠자 군." 하고 지배인이 친절하게 끼어들었다. "그 애는 몸이 아파요." 아버지가 아직 문 앞에서 그레고르에게 말을 걸고 있는 사이에, 어머니가 지배인을 향해 말씀하셨다.

"몸이 편치 않은 걸 거예요. 지배인님, 믿어 주세요. 그렇지 않다면 기차를 놓치거나 할 아이가 아닙니다. 일 이외에는 아무것도 생각하지 않는걸요. 밤에도 때로는 기분 전환을 위해 외출이라도 하라고 이쪽에서 잔소리를 할 정도이니까요. 이번에도 벌써 일주일 동안이나 시내에 와 있으면서도 밤마다 집에만 틀어박혀 있었답니다. 차를 마시는 동안에도 테이블 앞에 앉아서 입을 다문 채 신문을 읽거나 기차 시간표를 검토해 보곤 합니다. 그 애에게 오락이라면, 통으로 무엇인가를 만드는 것뿐이에요. 저번에는 이틀 밤인가 사흘 밤을 걸려서 조그마한 액자를 하나 만들었답니다. 아주 훌륭한 액자예요. 자기 방에 걸어 두었으니 저 아이가 방문을 열면 바로 보실 수 있을 거예요. 하지만 이렇게 몸소 찾아 주시니 참으로 다행입니다. 저희들 힘으로는 그레고르가 방문을 열도록 하지 못했을 것입니다. 대단한 고집쟁이거든요. 하지만 조금 전에 물어보았을 때 아무렇지 않다고 말하기는 했지만, 분명히 아픈 모양이에요."

"곧 가겠어요." 하고 그레고르는 천천히 조심스럽게 말했으나, 밖의 대화를 한 마디도 놓치지 않으려고 꼼짝하지 않고 있었다.

"그렇겠죠, 부인. 아무래도 그렇게밖에는 생각할 수가 없겠군요." 이번에는 지배인이 말했다. "대단한 병이 아니길 바랍니다. 그런데 한 가지 말씀드리고 싶은 것은, 우리 장사하는 사람들은 — 행인지 불행인지 그것은 차치하고 말입니다만 — 사소한 병쯤은 대개 장사 일이 더 중요하다고 생각하고 참아 내야만 한다는 것입니다."

"그럼 이제 지배인께서 들어가셔도 되겠느냐?" 아버지가 더 이상은 참지 못하겠다는 투로 말하며 다시 문을 두드렸다.

"안 돼요!" 그레고르가 대답했다. 왼쪽 옆방에서는 어색한 침묵이 흘렀다. 오른쪽 방에서는 누이동생이 훌쩍거리며 울기 시작했다.

누이동생은 왜 다른 사람들이 있는 방으로 가지 않을까? 틀림없이 방금 일어나서 아직 옷을 갈아입지 않은 모양이다. 그런데 울기는 왜 우는가? 내가 일어나지도 않는데다가 지배인을 방에 들여놓지 않기 때문에 우는 것인가? 내 목이 달아날 것 같아서? 만일 그렇게 되면 사장이 다시 옛날의 부채를 가지고 부모님을 괴롭힐까 봐 두려워서 우는 것일까? 그러나 그것은 지금으로서는 불필요한 기우인 것이다. 나는 현재 이 자리에 이렇게 있으며, 가족들을 저버릴 생각은 조금도 없다.

잠시 그레고르는 양탄자 위에 편안하게 누워 있었다. 현재 그의 상태를 아는 사람이라면 어느 누구도 감히 그를 향해서 지배인을 이 방으로 들여보내라고 요구하진 못했을 것이다. 게다가 나중에 쉽게 적절한 변명을 찾기 쉬운 이런 작은 결례 때문에 그레고르가 당장 해고되는 일은 없을 것이다. 그리고 울고불고해서 그를 성가시게 하느니 지금으로서는 그를 그냥 내버려 두는 것이 훨씬 현명한 일처럼 보였다. 하지만 이런 불확실성 때문에 다른 사람들은 맘을 졸이고 자신들의 처신을 정당화시키려는 것이었다.

"잠자 군," 하고 지배인은 이제 한층 목소리를 높여 말했다. "어떻게 된 일인가? 자네는 자기 방에 틀어박혀서 대답을 하는가 했더니 단지 네, 아니오로군. 부모님에게는 쓸데없는 걱정만 끼쳐 드리고, 게다가 — 이것은 이야기가 나왔으니 말이지만 — 자네는 실로 전대미문의 방법으로 직무를 태만히 하고 있어. 나는 지금 이 자리에서 진지하게 자네 부모님과 사장님을 대신해서 말하겠는데 즉각 자네의 이러한 태도에 대해 명백하게 설명할 것을 요구하네. 정말 놀랍군. 그래도 나는 자네를 침착하고 분별 있는 사람이라고 생각하고 있었는데, 어쩐지 자네는 지금 갑자기 이상한 변덕을 부리려고 작정한 사람 같군. 사실은 사장님께서 오늘 아침 일찍 내게 자네의 결근 이유를 추측해서 이야기해 주셨는데 ― 즉 최근 자네에게 맡겨 놓았던 회수금 문제였네 ― 그러나 나는 그것은 사장님의 지레짐작에 불과하다고 분명하게 단언했네. 그런데 자네의 이와 같은 이해할 수 없는 고집을 본 이상, 나로서도 자네를 조금이나마 감싸 줄 마음이 사라져 버렸다네. 게다가 말해 둘 것은, 자네의 지위는 절대로 안전한 것이 아니라는 것이네. 물론 난 자네와 단둘이서 이런 말을 하려고 생각했었네. 그런데 자네가 이토록 무익하게 시간을 허비하게 했기 때문에, 자연히 부모님에게도 말씀드리게 된 것일세. 자네의 최근 판매 실적은 별로 신통치가 못했어. 물론 계절적으로 좋은 성적을 올릴 때는 아니네. 그것은 잘 알고 있어. 그렇지만 전혀 성적을 올리지 못하는 계절이란 있을 수가 없는 것일세. 잠자 군, 알아듣겠나?”

"그러나 지배인님!" 하고 그레고르는 정신없이 소리쳤다. 흥분한 나머지 모든 것을 잊어버렸다. "곧 문을 열겠습니다. 정말 곧 열겠어요. 조금 기분이 좋지 않은데다 현기증이 나서 일어날 수가 없었습니다. 지금도 아직 잠자리 속에 있습니다. 하지만 이젠 완전히 좋아졌어요. 지금 침대에서 나가는 중입니다. 제발 잠깐만 기다려 주십시오. 아직도 상태가 전과 같이 좋지는 못합니다만, 그렇지만 괜찮습니다. 이렇게 갑자기 병이 날 줄이야! 사실 어젯

밤에는 아무렇지도 않았습니다. 그건 부모님께서도 잘 알고 계십니다. 아니, 그러고 보니 어젯밤 아무래도 좀 이상하다고는 생각했습니다. 저를 주의해서 보셨더라면 역시 상태가 좀 이상하다는 것을 아셨을 겁니다. 회사에 미리 알려 두었더라면 좋았을 것을! 하지만 사소한 병쯤은 집을 떠나면 이겨 낼 수 있으리라고 생각했습니다. 지배인님, 제발 부모님에게 싫은 소리는 하지 말아 주십시오. 지금 여러 가지로 저를 책망하셨는데, 모두 당치도 않은 말씀이십니다. 지금까지 한 번도 그런 비난은 들어 보지 않았으니까요. 며칠 전 제가 보여 드린 주문서를 아직 보지 못하신 게 아닌가요? 하여튼 8시 기차로 출발하겠습니다. 두어 시간 쉬었더니 기운이 납니다. 제발 지배인님, 돌아가 주십시오. 저도 곧 일을 하러 떠나겠습니다. 그리고 너그러우신 마음으로 사장님께 잘 말씀해 주십시오. 부탁드립니다."

그런데 그레고르는 이상과 같은 말을 단숨에 지껄이면서도 자기 자신이 무슨 말을 했는지조차 몰랐다. 그레고르는 침대 위에서 익힌 경험을 살려 옷장 쪽으로 다가갔다. 그러고는 옷장에 매달려 일어서서 보려고 했다. 그는 정말로 문을 열고 자신의 모습을 보여 주면서 지배인과 이야기하려고 마음먹은 것이다. 지금 저토록 자신을 만나고 싶어하는 사람들이 막상 자신의 변해 버린 모습을 눈앞에서 본다면 무슨 말을 할 것인가 그는 호기심이 일기도 했다. 만일 그들이 깜짝 놀라더라도, 그레고르에게는 하등의 책임이 없으니까 그저 태연하게 있으면 된다. 또 그들이 전혀 아무렇지도 않게 생각한다면, 나 또한 흥분할 이유가 없으므로 서둘러 역으로 달려 나가 8시 기차를 타면 되는 것이다.

처음 서너 번은 반들반들한 옷장에서 미끄러졌으나 마침내 간신히 몸을 흔들어 일으켜 똑바로 설 수가 있었다. 하반신이 불에 데인 듯이 아팠지만 그는 조금도 개의치 않았다. 그리고 마침내 옆에 있던 의자 등받이에 몸을 던져, 조그마한 다리들을 이용해 등받이 끝에 매달렸다. 그렇게 하자 자제심도 생겨 그는 지껄이는

것을 그만두었다. 겨우 지배인의 말에 귀를 기울일 수 있게 되었기 때문이다.

"당신들은 단 한 마디라도 알아들었습니까?" 하고 지배인이 부모님에게 소리쳤다. "설마 우리들을 놀리고 있는 것은 아니겠죠?"

"천만에요." 하고 어머니는 벌써 울먹이는 목소리로 외쳤다. "틀림없이 중병에 걸린 거예요. 가엾게도 그 애를 괴롭히고 있었으니. 그레테야, 그레테!" 하고 어머니가 누이동생을 불렀다.

"왜요, 어머니?" 하고 누이동생이 반대편에서 소리쳤다. 그들은 그레고르의 방을 가운데에 두고 서로 이야기하고 있는 셈이었다. "당장 의사한테 갔다 오너라. 그레고르가 아프다. 빨리 의사를 불러와라. 너도 방금 그레고르가 이야기한 것을 들었지?"

"짐승의 목소리였어." 하고 지배인이 말했다. 어머니의 큰 목소리에 비해 매우 낮은 목소리였다.

"안나, 안나!" 하고 아버지가 손뼉을 치며 문간방을 통해 주방에 대고 소리를 질렀다. "곧 열쇠 장수를 불러오너라."

그러자 벌써 두 처녀는 옷자락을 펄럭이며 문간방을 빠져나갔다 — 도대체 누이동생은 어떻게 저토록 빨리 옷을 갈아입었을까. 그리고 현관문이 열렸다. 그러나 문이 닫히는 소리가 들리지 않는 것으로 보아 열어 놓은 채로 나가 버린 모양이었다. 무슨 큰 불행이라도 닥친 집 같았다.

그러나 그레고르는 훨씬 침착해졌다. 과연 다른 사람들은 그가 한 말들을 알아듣지 못했다. 그 자신에게는 극히 분명하게, 조금 전보다도 훨씬 명료하게 들리는데도. 아마도 이미 그의 귀에 익숙해진 탓이었을 것이다. 그러나 하여튼 다른 사람들은 그의 상태가 정상이 아니라고 믿어 버린 모양으로, 그를 도와주려는 마음들이었다. 그런 최초의 조치가 취해진 데 대한 확신과 신뢰감으로 그는 기분이 좋아졌다. 그리고 또다시 사람이 사는 세계와 자신이 연결되었다는 기분이 들었다. 그리고 의사와 열쇠 장수를 제대로 구별도 못하면서, 이 두 사람에게서 커다란 경이적인 성과를 기대했다. 시시각각으로 다가오고 있는 운명을 결정지어 줄 담판이 시작되면, 될 수 있는 한 명석한 음성으로 말하기 위해서 그는 몇 번 헛기침을 해 보았다. 애써 낮은 기침소리를 내었다. 그것은 자신의 소리가 인간의 헛기침소리와는 다르게 들릴 염려가 있었기 때문이며, 사실 그 자신은 이미 그것을 판단할 수가 없었던 것이다. 그동안에 옆방은 아주 조용해졌다. 아마도 부모님은 지배인과 이마를 맞대고 거실 테이블에 마주 앉아 조용히 이야기를 나누고 있거나, 아니면 세 사람이 모두 문 뒤에 기대서서 그의 방을 엿듣고 있는지도 모른다.

그레고르는 의자를 서서히 문 쪽으로 밀고 가, 거기에다 의자를 놓고 문에 몸을 붙이고는 꼿꼿이 섰다 — 작은 다리들의 끝에서는 끈적거리는 액체가 분비되고 있었다. 그리고 잠시 동안, 고통스러운 운동으로 인해 지친 몸을 쉬었다. 그런 다음 입으로 열쇠 구멍에 꽂아 놓은 열쇠를 돌리는 작업에 착수했다. 그에겐 유감스럽게도 이가 하나도 없었다 — 그렇다면 도대체 무엇으로 열쇠를 돌려야 하는가! — 그러나 이가 없는 대신 턱의 힘이 아주 강했다. 그는 턱을 사용하여 열쇠를 돌렸다. 그때 분명히 어딘가 상처를 입었는데 미처 그것을 깨닫지 못했다. 누르스름한 액체가 그의 입에서 흘러나와 열쇠 위를 따라 방바닥에 뚝뚝 떨어지고 있었다.

"저 소리를 들어 보세요." 하고 옆방에 있는 지배인이 말했다. "그가 열쇠를 돌리고 있어요." 그레고르는 이 말에 크게 힘을 얻었다. 그러나 다 같이 힘을 내라고 소리쳐 주어야 할 것이 아닌가. 아버지도 어머니도 "그레고르야, 힘을 내라." 정도의 말은 해 줄 법한 일이다. "힘을 내라, 자물쇠를 꼭 붙잡아라." 하고. 모두가 그렇게 응원하면서 그의 노력을 지켜보고 있다는 상상을 하자, 그는 혼신의 힘을 다하여 정신없이 열쇠를 물고 매달렸다. 그리고 열쇠가 회전함에 따라 그 자물쇠의 주위를 춤을 추듯 돌았다. 지금 그의 몸은 입의 힘만으로 버티고 있었다. 필요에 따라 그는 열쇠에 매달리기도 하고 전신의 무게를 실어 열쇠를 아래쪽으로 내리누르기도 했다. 마침내 자물쇠가 열리는 맑은 소리가 들리자 그레고르는 제정신으로 돌아왔다. 그는 안도의 숨을 내쉬면서 중얼거렸다. "이젠 열쇠 장수가 필요 없게 되었어." 그리고는 문을 활짝 열기 위하여 손잡이 위에다 고개를 올려놓았다.

그렇게 문은 겨우 열렸지만, 문이 안쪽으로 열려졌기 때문에 처음에 그의 모습은 문에 가려져 밖에서는 보이지 않았다. 그는 우선 열린 문짝을 따라서 천천히 앞으로 돌아 나와야만 했다. 더욱이 극히 신중하게 움직여야 했다. 문앞에서 보기 흉하게 벌렁 나자빠질 우려가 있었기 때문이다. 그래서 그는 더욱 힘이 드는 작업에 몰두하느라 다른 사람들에게 주의를 기울이지 못했는데, 지배인이 큰 소리로 "앗!" 하고 비명을 질렀을 때에야 ― 그것은 마치 바람이 지나가는 소리 같았다 ― 비로소 지배인의 모습을 발견했다. 지배인은 문에서 가장 가까이 서 있다가 그를 보자 딱 벌린 입을 손으로 가린 채 천천히 뒷걸음질을 쳤다. 눈에 보이지 않으나 끊임없이 작용하고 있는 어떤 힘에 떠밀려 가는 듯한 모습이었다.

　어머니는 손님이 와 있는데도 어젯밤에 풀어 놓은 머리를 손질조차 안 한 채, 처음에는 양손을 깍지 끼고 아버지 쪽을 보는가 싶더니 이내 두 걸음 그레고르 쪽으로 다가서다가는 맥없이 방바닥에 주저앉아 버렸다. 그 순간 주름치마가 주위에 활짝 펼쳐졌고, 얼굴은 가슴에 파묻혀 전혀 보이지 않았다. 아버지는 증오심에 불타는 표정으로 주먹을 쥐고 그레고르를 다시 방 안으로 밀어 넣을 것 같은 태도를 보였으나, 다음 순간 불안스럽게 거실 안을 두리번거리다가 이윽고 손으로 양쪽 눈을 가리고 통통한 가슴을 들먹거리며 울기 시작했다.

그레고르는 방 안으로 아주 들어서지는 않고 닫혀져 있는 문짝의 안쪽에 기대어 서 있었기 때문에 몸의 절반과 비스듬히 기울인 머리만이 보일 뿐이었다. 비스듬히 기울인 그 머리로 그는 다른 사람들 쪽을 엿보고 있었다. 그러는 동안 주위는 아주 밝아졌다. 도로를 사이에 두고 마주 보이는 건너편에는 끝도 없이 기다란, 짙은 회색 건물의 일부가 뚜렷이 보였다 ─ 그것은 병원이었다. 도로에 면한 건물 벽에는 규칙적으로 창구멍이 뚫려 있었다. 비는 아직도 내리고 있었는데, 눈에 보일 만큼 굵직굵직한 빗방울이 후두두 땅 위에 떨어지고 있었다.

아침 식탁 위에는 식기들이 너저분하게 놓여 있었다. 아버지로서는 아침 식사가 하루 중에서 가장 중요한 식사였으며, 그는 여러 가지 신문을 읽으면서 그곳에서 두세 시간씩이나 머물러 있었다. 마침 마주 보이는 벽에는 그레고르의 군대시절 사진이 걸려 있었다. 그것은 육군 소위 시절의 모습으로 군도에 손을 대고, 자연스러운 미소를 띠고 있어서, 바라보는 사람으로 하여금 절로 그의 모습과 군복에 경의감을 표하게 만들었다. 현관 쪽의 문간방으로 통하는 문은 활짝 열린 채로 있었고, 거실의 문도 열려 있어서 거실을 건너 현관과 그 밑으로 통하는 계단의 입구가 보였다.

"그럼," 하고 그레고르는, 냉정을 유지하고 있는 것은 자기 혼자뿐이라는 것을 분명하게 의식하면서 말했다. "곧 옷을 입고, 견본 꾸러미를 가지고 출발하겠습니다. 출발해도 되겠지요, 지배인

님? 보시다시피 저는 결코 고집쟁이가 아니며 일을 좋아한답니다. 물론 출장은 참으로 고된 일이지만, 그렇다고 출장 없이 어떻게 살아갈 수 있겠는가 하고 생각할 정도입니다. 지금부터 어디로 가시겠습니까, 지배인님? 회사로 가십니까? 그럴 테죠? 그리고 모든 일을 사실대로 고하시겠지요? 누구나 불가피하게 잠깐 일을 하지 못하게 될 때가 있습니다. 그런 경우에는 평소의 실적을 참작해서, 건강만 좋아지면 물론 배전의 정력을 쏟아 열심히 일한다는 사실을 믿어 주셔야죠. 저는 사실 사장님의 은혜를 많이 입고 있습니다. 말씀드릴 필요도 없이 지배인님도 잘 알고 계실 것입니다. 게다가 부모님과 누이동생의 일도 걱정이 됩니다. 지금은 난처한 처지에 놓여 있습니다만 어떻게 해서든지 이 처지를 타개해 나가겠습니다. 그러니 제발 이 이상 저를 불리한 입장으로 몰아넣지는 말아 주십시오. 회사에서도 부디 저의 편이 되어 주십시오. 남들이 외판원을 좋아하지 않는다는 것은 저도 잘 알고 있습니다. 외판원은 큰 돈을 벌어서 화려한 생활을 하고 있다고들 생각합니다. 그렇다고 해서 이러한 편견을 고쳐 보겠다는 생각은 하지 않습니다. 또 어떤 특별한 계기가 있는 것도 아니고요. 하지만 지배인님, 당신만은 다른 사람들보다도 회사 사정을 잘 알고 계시지 않습니까. 아니 이 자리에서니까 말씀입니다만, 사장님보다도 훨씬 잘 알고 계십니다. 사장님은 기업주라는 입장 때문에 흔히 일개 고용인에게는 불리한 판단을 내리시기도 하니까요. 이런 일은 번거롭게 말씀드릴 필요도 없다고 생각합니다만, 일 년 내내 밖으로만 돌아다니는 외판원은 이것저것 험담이며 우연한 사고며 이유 없는 비난을 짊어져야 됩니다. 그렇다고 해서 외판원이 어떻게 할 수 있는 입장에 놓여 있는 것도 아닙니다. 사실 말이지 그러한 비방들은 그 당시에는 아무것도 귀에 들어오지 않는답니다. 여행을 마치고 부지런히 집에 돌아왔을 때에야 비로소 ─ 원인 같은 것은 이미 알아낼 수도 없는 ─ 귀찮은 여러 가지 결과가 자신의 신상에 부딪혀 오는 것이랍니다. 제발 지배인님, 돌아가시기 전에 제 말에도 다소는 일리가 있다고 한 마디만 말씀해 주십시오."

그러나 지배인은 그레고르의 말을 서너 마디도 채 듣지 않고 이미 몸을 옆으로 비켜 입술을 내민 채 벌벌 떨면서 어깨 너머로 그레고르 쪽을 돌아볼 뿐이었다. 그리고 그레고르가 이야기하고 있는 동안에도 그에게서 눈을 떼지 않은 채 출입구의 문을 향해서 슬금슬금 걸어 나갔다. 마치 이 방을 나가면 안 된다는 금족령이라도 내려진 것처럼. 그렇게 해서 그는 마침내 현관 앞에 다다랐다. 최후에 그가 한쪽 발을 거실에서 빼내는 번개같이 빠른 동작은 마치 발뒤꿈치에 화상이라도 입은 것 같은 황황한 모습이었다. 그는 계단 쪽을 향해 힘껏 오른쪽 팔을 뻗었다. 마치 그곳에 초지상적超地上的인 구원의 손길이라도 기다리고 있는 것처럼.

회사에서의 자신의 위치를 위태롭지 않게 하기 위해서는 이대로 지배인을 돌려보내서는 안 된다는 것을 그레고르는 이미 잘 알고 있었다. 부모님은 그런 실정까지는 잘 모른다. 부모님은 오래 전부터 이 회사에서 근무하고 있으면 그레고르의 일생은 편안할 것이라는 확신을 가져온데다가, 지금은 눈앞에 닥친 근심 때문에 장래를 걱정할 여유가 전혀 없었던 것이다. 그러나 그레고르는 바로 그 장래를 우려했다. 지배인을 붙잡아 놓고, 마음을 진정시키고, 설득을 하고, 마침내는 이쪽에 호의를 갖도록까지 하지 않으면 안 된다. 그레고르 자신과 가족의 장래가 바로 그 성패에 달려 있다는 것은 분명한 사실이다. 누이동생이 이 자리에 있었으면 얼마나 좋을까! 누이동생은 영리하다. 그레고르가 조금 전에 누워 있었을 때에도 그를 위해 울어 주었다. 게다가 지배인은 여자에게는 친절한 사내니까 누이동생이 설득하면 틀림없이 효과가 있을 것이다. 누이동생이라면 응접실 문을 꼭 닫아 버리고, 현관에서 지배인을 설득시켜 그의 마음을 가라앉힐 수도 있을 것이다. 그런데 공교롭게도 그 누이동생은 없다. 그레고르 자신이 하지 않으면 안 된다. 그레고르는 현재 어떻게 해야 자신의 몸을 움직일 수 있는지 그것조차 모르고 있으며, 또 설사 무슨 이야기를 한다 해도 십중팔구는 상대방이 알아듣지 못할 것이다.

그런 것들을 미처 생각할 여유도 없이, 그레고르는 그 문짝을 떠나 슬금슬금 문지방을 넘었다. 그리고 지배인 쪽으로 가려고 했다. 지배인은 그때 이미 두 손으로 계단 출구에 있는 난간을 잡고 우스꽝스럽게 매달려 있었다. 그레고르는 몸을 의지할 것을 찾아 허위적거리다가 이윽고 작은 비명을 지르며 숱한 발들과 함께 넘어지고 말았다. 그 순간, 그는 이날 아침 처음으로 몸이 편안해지는 것을 느꼈다. 다리들은 이제야말로 꼿꼿하게 마룻바닥을 밟고 있었으며 그레고르의 뜻대로 움직여 주었다. 그것을 알고 그는 기뻐했다. 뿐만 아니라 다리들은 그레고르가 가고 싶어하는 곳으로 그를 옮겨 주려고 애썼다. 마침내 이것으로 모든 비운을 철저히 만회할 수 있을 것이라고 그레고르는 믿었다.

그 순간, 즉 어머니가 털썩 주저앉아 있는 마룻바닥 바로 옆에서 움직이고 싶은 것을 꾹 참으며 몸을 흔들면서 누워 있을 때, 완전히 방심 상태에 있던 어머니가 갑자기 뛰어 일어나 두 팔을 활짝 벌리고 손가락이란 손가락은 모조리 펼치며 "사람 살려요!" 하고 외쳐 댔다. 어머니는 그레고르의 모습을 잘 보기라도 하려는 듯이 고개를 숙였으나, 그레고르를 쳐다보기는커녕 정신없이 뒷걸음질해 달아나는 것이었다. 그녀는 아침 식사 준비가 되어 있는 식탁이 뒤에 있다는 것도 까맣게 잊고, 그곳에 이르자 급히 식탁 위에 엉덩이를 올려놓고 말았다. 그 때문에 그녀 바로 옆에 있던 큰 커피포트가 뒤집어져 커피가 양탄자 위로 쏟아져 내렸다. 그러나 그녀는 전혀 그것을 깨닫지 못하고 있었다.

"어머니, 어머니." 그레고르는 나직한 목소리로 이렇게 부르면서 어머니를 올려다보았다. 그 순간, 지배인에 대한 생각은 이미 염두에도 없었다. 그 대신 흘러내리는 커피를 보자 몇 번인가 입맛을 다시지 않을 수 없었다. 그것을 본 어머니는 또다시 큰 소리를 지르고는 식탁에서 뛰어내려 때마침 달려온 아버지의 품 안에 쓰러졌다. 그러나 이제는 그레고르가 부모님에게 신경을 쓰고 있을 수가 없었다. 지배인이 벌써 계단 위에 서 있었기 때문이다.

그는 난간 위에 턱을 내밀고 마지막으로 이쪽을 한번 돌아보았다. 그레고르는 무슨 수를 써서라도 확실하게 따라붙기 위해서 달리기 시작했다. 이것을 보고 지배인은 질겁한 모양이었다. 한꺼번에 두세 계단씩 뛰어내려 자취를 감추어 버렸으니 말이다. 그러나 도망치면서 "휴!" 하고 내쉬는 한숨소리가 계단 밑에서부터 들려왔다. 그런데 유감스럽게도 지배인의 도망은 그때까지 비교적 침착성을 보이고 있던 아버지의 기분을 심하게 혼란스럽게 만든 모양이었다. 그는 스스로 지배인을 쫓아간다든가, 혹은 한걸음 양보해서 지배인을 뒤쫓아가려는 그레고르를 내버려 두기는커녕, 지배인의 모자와 외투 그리고 의자 위에 내팽개치고 간 단장을 오른손에 들고, 왼손으로는 식탁 위의 두꺼운 신문지를 움켜쥐고는 계속 발을 구르면서 단장과 신문지를 휘둘러 그레고르를 방으로 몰아넣으려고 했다.

아무리 사정을 해도 소용이 없었고 사정하는 말을 이해하지도 못했다. 공손하게 고개를 숙여 보여도 아버지는 점점 무섭게 발을 구를 뿐이었다. 저쪽에서는 어머니가 날씨가 찬데도 창문을 열어 몸을 밖으로 쑥 내밀고는 창밖에서 얼굴을 두 손으로 감싸고 있었다. 골목길과 계단 사이로 통풍로가 생겨서 세찬 바람이 불어와 창문에 늘어진 커튼이 휘날리고, 식탁 위의 신문지가 바스락거리다가 서너 장이 마룻바닥 위로 떨어졌다. 아버지는 사정없이, 마치 야만인처럼 씩씩거리면서 그레고르를 방으로 몰아넣으려고 했다.

그런데 그레고르는 아직 뒷걸음질을 할 줄 몰랐으므로 매우 느리게 움직일 수밖에 없었다. 방향 전환을 할 수만 있다면 힘들이지 않고 자신의 방으로 돌아가겠으나, 방향을 돌리는 데 시간이 걸려서 아버지를 흥분시킬까 봐 두려웠다. 게다가 언제 어느 때 손에 들고 있는 단장에 등이나 머리를 얻어맞아 목숨을 잃을는지도 모른다. 그러나 결국은 방향 전환을 하는 이외에 다른 방도가 없었다. 왜냐하면 어차피 뒷걸음질이란 일정한 방향을 잡을 수가 없기 때문이다. 그래서 그는 계속 아버지 쪽을 힐끗힐끗 훔쳐보면서 될 수 있는 대로 신속하게, 그러나 실제로는 매우 느린 속도로 방향 전환을 하기 시작했다. 이번에는 아버지도 그레고르의 착한 마음씨를 알아차린 모양으로 그가 하는 행동을 방해하지 않고, 오히려 필요에 따라서 단장 끝으로 멀리서 이리저리 지시를 해 주었다.

듣기 싫은 쉿쉿 하는 소리만 없었던들 얼마나 좋았을까. 그 소리만 들으면 그레고르는 침착성을 잃어버리는 것이었다. 그가 거

44

의 방향을 틀었을 때에도, 아버지가 계속 쉿쉿 하는 소리를 냈으므로 정신을 빼앗겨 다시 제자리로 되돌아가기도 했었다. 하여튼 간신히 머리가 문지방을 향해 틀어졌으나 이번에는 몸통의 폭이 너무 넓어서 그대로는 문을 통과할 수 없다는 것을 알았다. 아직도 그대로 닫혀져 있는 다른 한쪽의 문짝이라도 열어 준다면 그레고르의 몸통이 무사히 통과할 수 있을 텐데, 물론 정신이 없는 아버지가 그것을 깨달을 리 없었다. 아버지로서는 될 수 있는 대로 빨리 그레고르를 제 방으로 쫓아 보내야만 된다는 일념뿐이었다.

하여튼 기어서 통과할 수 없다면 일어선 자세로 문지방을 통과해야 하는데, 그렇게 하자면 여러 가지 번거로운 사전 준비가 필요하다. 아버지의 험한 기세로 보아 그러한 수고를 그에게 기대할 수는 없을 것 같았다. 아버지는 그레고르가 지금 부딪힌 장애는 생각지도 않고, 이번에는 한층 더 큰 목소리로 그레고르를 몰아댔다. 등 뒤에서 들려오는 그 소리는, 이미 이 세상에서 단 한 사람뿐인 부친의 목소리는 아닌 것 같았다. 사실 이미 웃을 일이 아니었다.

될 대로 되라는 식으로 그레고르는 무턱대고 문지방 위로 몸통을 밀어 넣었다. 몸통 한쪽이 문에 끼여서 위로 치켜 올라갔다. 그는 방문 사이에 비스듬히 걸려 있었다. 한쪽 옆구리가 심하게 벗겨졌다. 하얗게 칠한 문에는 보기 흉한 얼룩이 생겼다. 이윽고 옴짝달싹도 할 수 없게 되었다. 자신의 힘으로는 더 이상 어떻게 할 수가 없었다. 한쪽 편의 다리들은 허공에 뜬 채 바르르 떨렸으며 다른 쪽 다리들은 방바닥에 짓눌려서 몹시 아팠다. 그때 아버지가 뒤에서 힘껏 그를 밀어 주었다. 그 때문에 그레고르는 피투성이가 되어 자신의 방 안으로 나는 듯이 빠져 들어왔다. 그리고 단장으로 방문을 꽝 하고 닫는 소리가 들렸다. 그러자 마침내 주위가 조용해졌다.

2

해가 저물어 가는 저녁 무렵에야 그레고르는 겨우 혼수 상태와 같은 답답한 잠에서 문득 깨어났다. 특별한 일이 없더라도 서서히 눈을 떠야 할 시각이었다. 왜냐하면 충분히 휴식을 취했고, 잠도 푹 잤기 때문이다. 그러나 바쁘게 걷는 발소리와 문간방으로 통하는 문을 조심스럽게 여닫는 소리에 잠이 깬 것 같았다. 천장과 가구 위에 가로등의 파란 불빛이 흘러들어와 비치고 있었으나, 방바닥 위 그레고르의 주위는 어두웠다. 그제야 그레고르는 촉각을 서투르게 작용시키면서 — 이제야 비로소 촉각의 고마움을 알게 되었지만 — 무슨 일이 일어났는지를 알아보려고 천천히 문 쪽으로 기어갔다. 몸통 왼쪽 허리에 팽팽하고 불쾌하게 땡기는 듯한 길다란 상처가 생겨서, 그는 두 줄로 된 양쪽 다리를 절지 않으면 안 되었다. 게다가 다리 하나는 오전 중의 소란으로 심하게 부상을 입은 상태였다 — 부상당한 다리가 단 하나뿐이라는 것은 거의 기적이라고 해도 좋았다. 그는 힘없이 질질 끌려가듯 기어갔다.

　무엇이 그를 문앞에까지 오도록 유혹했는가를 그 앞에 다다라서야 비로소 알게 되었다. 그것은 바로 음식 냄새 때문이었다. 그곳에는 잘게 썬 흰 빵이 둥둥 떠 있는, 우유를 담은 그릇이 놓여 있었다. 그레고르는 기쁜 나머지 소리 내어 웃을 뻔했다. 아침나절보다도 배가 훨씬 더 고팠기 때문이다. 그는 곧 우유 속에다 눈까지 잠길 정도로 머리를 집어넣었다. 그러나 이내 실망하고 목을 움츠렸다. 몸통의 왼쪽 허리 언저리가 아파서 먹기가 부자유스러웠을 뿐 아니라 — 물론 애를 쓰면 먹을 수도 있었지만 — 평소에는 아주 즐겨 먹던 것이었고, 그렇기 때문에 누이동생이 일부러 방 안에 넣어 준 우유였는데 지금은 전혀 맛이 없었던 것이다. 그는 오싹 소름이 끼치는 것 같아서 음식을 외면하고, 방 한가운데로 기어서 돌아왔다.

　문틈으로 내다보니, 거실에는 이미 가스등이 휜히 밝혀져 있었다. 평소 같았으면 이 시각에는 아버지가 석간신문을 어머니에게나 누이동생에게 소리를 높여 읽어 주었을 텐데, 지금은 아무 소리도 들리지 않았다. 그러고 보니 누이동생이 항상 이야기해 주었고 출장 때면 편지로 들려주었던 이 신문 낭독 행사가 최근에 와서는 아주 폐지된 모양이었다. 그렇지만 집 안에 사람이 전혀 없지는 않을 텐데 주위가 너무나도 조용했다.

　"어쩌면 이렇게들 조용하게 지낼 수가 있을까?" 하고 그레고르는 혼잣말을 했다. 그리고 눈앞의 어둠을 지켜보면서 부모님과 누이동생으로 하여금 이런 좋은 집에서 이런 생활을 할 수 있도록 해 준 자신이 대견하다고 생각했다. 그러나 이 안락, 이 행복, 이 만족의 일체가 지금 무서운 종말을 보게 된다면 어떻게 될 것인가? 그런 상념들을 떨쳐 버리기 위해서 차라리 몸이라도 움직여 보는 것이 낫겠다고 생각한 그레고르는 이리저리 방 안을 기어 다녔다.

긴 저녁 시간이 지나는 사이에 옆쪽 문이 한 번, 그리고 맞은편 문이 한 번 빠끔히 열렸다가 금방 닫혀 버렸다. 누군가가 방에 들어올 일이 있었던 모양이지만 불안이 앞서서 망설이는 눈치였다. 그레고르는 거실로 통하는 문 옆에 몸을 바짝 붙이고, 들어오기를 꺼리고 있는 방문자를 어떻게 해서든지 방 안으로 들어오게 하든가, 그것이 불가능하다면 최소한 상대가 누구인가 하는 정도는 알아보려고 했다. 그러나 문은 더 이상 열리지 않았다. 기다려 보았으나 헛일이었다. 문이란 문이 모조리 잠겨 있었던 오늘 아침에는 저마다 서로 그레고르의 방으로 들어오려고 했었는데, 지금은 아무도 들어오려 하지 않았다. 더구나 문 하나는 이미 그레고르가 열었고, 다른 문들은 모두 낮 동안에 열었을 것이 분명한데 지금은 모든 자물쇠가 밖에서 채워져 있었다.

밤이 깊어 거실의 등불이 꺼졌을 때에야 그는 부모님과 누이동생이 그때까지 자지 않고 있음을 알게 되었다. 그때 발끝으로 걸으며 가만가만히 멀어져 가는 세 사람의 발소리를 똑똑히 들었기 때문이다. 그렇다면 다음날 아침까지는 아무도 그레고르의 방을 찾아오지 않으리라. 그리하여 그레고르는 새벽녘까지의 긴 시간을 이용하여 아무에게도 방해당하지 않고 앞으로의 생활에 대해서 깊이 생각해 볼 작정이었다.

그런데 지금 방바닥 위에 납작하게 엎드려 있는 이 방, 천장이 높은 텅 빈 방은 그를 묘하게도 불안하게 만들었다. 원인은 알 수 없었다. 5년 동안이나 살아온 자신의 방이 아닌가? 그레고르는 거의 무의식중에 몸의 방향을 바꿔 약간 열없는 생각을 하면서 소파 밑으로 기어들어 갔다. 등허리가 약간 눌리고 고개를 쳐들 수는 없었지만, 소파 밑은 매우 편안하고 아늑했다. 단지 몸통이 너무 커서 전신이 완전히 들어가지 않는 것이 유감스러웠다.

그레고르는 소파 밑에 엎드린 채로 가끔은 꾸벅꾸벅 졸기도 하고, 이따금 공복감 때문에 잠에서 깨나기도 하고, 또 걱정과 막연한 희망에 사로잡히기도 하면서 하룻밤을 보냈다. 그러나 아무리 생각해 보아도 결론은 같았다. 즉 당장은 서투르게 소란을 피우지 않아야 하며 가족들로 하여금 인내와 최대의 조심성으로써, 그로 인해 일어나는 갖가지 불쾌감을 견딜 수 있도록 해 주어야 한다는 것이다. 자신의 이런 모습은 아무래도 집안사람들에게 혐오감을 줄 수밖에 없기 때문이다.

날이 채 밝기도 전인 새벽녘에, 그레고르는 굳게 다진 결심을 시험해 볼 기회를 얻었다. 문간방에서 어느새 옷을 갈아입은 누이동생이 긴장된 표정으로 문을 열고 방 안을 들여다본 것이다. 그녀는 한참 뒤에 소파 밑에 있는 오빠를 발견하자 몹시 놀라며 — 그렇게 놀랄 것은 없는데. 방 안 어딘가에 내가 있는 것은 당연한 일 아닌가! 날아서 어디로 도망칠 수도 없는 노릇이고 — 자기 스스로 어찌할 바를 몰라 하다가 밖에서 문을 다시 닫아 버리는 것이었다. 하지만 자신의 태도를 부끄럽게 생각했던지 금방 다시 문을 열고는 발끝으로 걸어서 방 안으로 들어왔다. 마치 중병 환자나 낯선 사람의 방에 들어오는 듯한 태도였다.

그레고르는 소파 가장자리까지 목을 내밀어 누이동생을 바라보았다. 우유를 마시지 않은 이유를 알아줄까? 배가 고프지 않아서가 아닌데. 좀 더 입맛에 맞는 다른 것을 가져다줄 수는 없는 걸까? 그가 시키지 않아도 자진해서 그렇게 해 준다면 얼마나 좋을까. 그로서는 누이동생으로 하여금 그것을 깨닫게 하느니보다는 차라리 굶어 죽는 편이 나을 것 같았다. 그렇지만 그레고르는 소파 밑에서 뛰어나와 누이동생의 발밑에 몸을 던지며 무엇이든 맛있는 것을 가져다 달라고 말하고 싶었다. 그러나 누이동생은 의아스러운 표정으로 조금도 줄지 않은 우유 그릇을 곧 발견했다. 그릇 주위엔 약간의 우유가 흘려져 있을 뿐이었다. 그녀는 곧 그릇을 집어 들었다. 맨손이 아니라 걸레쪽으로 말이다. 그러고는 밖으로 들고 나갔다.

　이번에는 그 대신에 무엇을 가져다줄 것인지 하고 그레고르는 가슴을 두근거리며 이것저것 상상을 해 보았다. 그러나 누이동생이 친절한 마음에서 실제로 가져온 것을 보고는 다시 말문이 막혀 버렸다. 누이동생은 오빠를 시험해 보기 위하여 여러 가지 음식물을 한꺼번에 가지고 와서 그것들을 헌 신문지 위에다 늘어놓는 것이었다. 반쯤 썩은 묵은 야채와 가장자리에 흰 소스가 말라붙어 있는 저녁 식사 때 먹다 남은 뼈다귀, 건포도와 편도 몇 알, 그레고르가 이틀 전에 이런 것도 먹을 수 있는 것이냐고 말했던 치즈, 아무것도 바르지 않은 빵과 버터를 바른 빵, 똑같이 버터를 발라 소금을 친 빵, 그리고 물을 담은 주발이 있었다. 아무래도 이것은 그레고르 전용으로 정해 놓은 음식인 모양이었다. 그리고 누이동생은 급히 방에서 나가면서 밖에서 방문을 잠가 버렸다. 누이동생

은 그레고르가 자기 앞에서는 아무것도 먹지 않을 것이라고 생각
한 것이었다. 그리고 자물쇠를 채운 것은, 다른 사람이 보지 않으
니 마음 편하게 식사하라는 그녀의 신호였던 것이다.

　밥을 먹으러 가기 위해서 그의 다리들이 꿈틀거리기 시작했다.
상처는 어느새 다 나아 버린 모양이다. 이제는 아무 데도 아픈 데
가 없었다. 이 점에 대해서 그레고르는 몹시 놀랐다. 한 달 전에
칼로 손가락을 약간 베었는데도 그 상처가 어제까지 욱신욱신 쑤
셔 대지 않았던가. '그렇다면 나의 감각이 다소 둔해진 것이 아닌
가.' 하고 생각하며 그는 허겁지겁 치즈를 먹기 시작했다. 갑자기
강하게 그레고르의 구미를 당긴 것은 다름 아닌 치즈였다. 치즈,

야채, 소스의 순서로 재빨리 먹어 치우며 만족스러운 나머지 눈에 는 눈물까지 흘러나왔다. 그런데 신선한 식품 쪽은 오히려 맛이 없었다. 무엇보다도 냄새부터가 견딜 수 없어서 그는 먹고 싶은 것만을 일부러 한쪽 옆으로 끌어가 먹기까지 하였다.

그가 다 먹어 치운 후 원래의 위치에서 태평스럽게 뒹굴고 있 는데 누이동생이 천천히 열쇠를 돌리는 소리가 들려왔다. 물러가 라는 신호였다. 이미 막 잠이 들려는 상태였음에도 불구하고, 그 는 그 소리에 놀라 급히 소파 밑으로 기어들어 갔다. 그런데 누이 동생이 방 안에 있는 동안의 그 짧은 시간조차 소파 밑에 들어가 있는 일이 그레고르로서는 쉽지 않은 고역이었다. 왜냐하면 음식 을 양껏 먹었기 때문에 배가 불러 그 비좁은 장소에서는 갑갑해서 숨도 제대로 쉴 수 없을 지경이었기 때문이다. 그런 사실을 전혀 모르는 누이동생은 먹다 남은 찌꺼기뿐만 아니라 전혀 입도 대지 않은 것까지도 빗자루로 쓸어 모았다. 일단 이곳에 가지고 온 음 식은 입을 대지 않은 것이라도 쓸모가 없다는 식이었다. 그러고는 재빨리 모든 음식을 통 속에 쓸어 넣고는 나무 뚜껑을 닫은 후에 방밖으로 들고 나갔다. 그레고르는 숨이 막혀 질식할 듯한 상태에 서 약간 튀어나온 눈으로 누이의 모습을 바라보았다. 누이동생이 등을 보이며 돌아서자마자 그레고르는 금방 소파 밑에서 기어 나 와 기지개를 켜며 느긋한 자세가 되었다.

이런 식으로 매일의 식사가 그레고르에게 제공되었다. 아침 식사는 부모님과 하녀가 아직 자고 있을 때, 점심 식사는 식구들의 식사가 모두 끝난 후에 주어졌다. 왜냐하면 부모님이 점심 후에는 늘 잠시 동안 낮잠을 잤고, 하녀는 누이동생의 심부름으로 시장을 보러 외출하기 때문이었다. 물론 아무도 그레고르를 굶겨 죽이려고 생각하지는 않았지만, 그런 시간에 음식을 주는 이유는 결국 집안사람들이 그레고르를 피하고 싶었기 때문이며, 그레고르에 대한 이야기는 누이동생의 입을 통해서 듣는 것만으로도 충분하다고 생각했기 때문이다. 또 누이동생으로서는 가족들은 이 문제가 아니라도 싫증나도록 고통을 당하고 있기 때문에 될 수 있는 대로 모든 식구들의 슬픔을 더 크게 확대시키고 싶지 않았던 것이다.

그레고르로서도 도대체 첫날 아침에 불러왔던 의사와 열쇠 장수를 어떤 구실을 붙여서 돌려보냈는지 그 무렵의 일은 전혀 알 수가 없었다. 그레고르가 하는 말은 상대방이 이해하지 못했으며, 또 그들은 그레고르가 자신들의 이야기를 정확히 이해할 수 있으리라고는 아무도 믿지 않았기 때문이다. 그런 형편이어서 누이동생은 그레고르의 방에 들어와서도 가끔씩 한숨을 쉬거나 성자의 이름을 외우며 기도하는 것 외에는 아무 말도 하지 않았다. 따라서 그레고르도 그것을 듣는 것으로 만족할 수밖에 없었다.

후에 누이동생이 모든 일에 다소 익숙해졌을 때에야 비로소 — 완전히 익숙해진다는 것은 도저히 있을 수 없는 일이었다 — 그레고르는 종종 선의의 말, 혹은 선의라고 풀이할 수 있는 말 정도는 알아들을 수가 있게 되었다. 그레고르가 식사를 남김없이 다 먹었을 때 누이동생은 "어머, 오늘은 맛이 있었던 모양이네요." 하고 말했고, 반면에 대부분의 경우에는 "또 전혀 먹지를 않았군요." 하고 슬픈 듯이 말하는 것이었다. 그런데 그 후자의 경우가 차츰 빈번하게 반복되기 시작했다.

직접적으로는 아무것도 새로운 사실을 전해 들을 수가 없었으므로 그레고르는 옆방에서 흘러나오는 이야기소리에 귀를 기울였다. 조금이라도 사람의 목소리가 들리면 그는 곧 문 옆으로 기어가서는 몸을 문에다 바짝 붙였다. 특히 처음 며칠 동안에는 속삭이는 소리이기는 했지만 그에 대한 이야기가 나오지 않은 적이 한 번도 없었다. 이틀간은 계속해서 세 번의 식사 때마다 어떻게 할 것인지를 상의하는 말소리가 들렸다. 그런데 식사와 식사 사이의 시간에도 집 안의 누군가가 같은 화제에 대해서 서로 이야기하는 소리가 들렸다. 즉 아무도 혼자서는 집에 남아 있고 싶어하지 않았던 것이다. 그러나 만일의 경우를 위하여 집안 식구가 모두 나가 버릴 수는 없으므로, 언제나 최소한 두 사람은 집 안에 남아 있었다.

하녀가 이번 사건에 대하여 무엇을 어느 정도로 알고 있는지는 충분히 알 수 없었다. 그러나 이미 첫날에 그녀는 어머니 앞에 무릎을 꿇고 즉각 그만두고 싶다는 말을 했다. 그리고 15분쯤 지나

마침내 집을 나갈 때에는 마치 큰 은혜나 입은 것처럼 눈물을 흘리면서 해고시켜 준 데 대하여 감사를 표시하고, 이쪽에서 부탁하지도 않았는데, 이번 일에 대해서는 털끝만큼도 다른 사람에게 말하지 않겠노라고 굳게 맹세하고 떠났다.

그렇게 되자 이제는 누이동생이 어머니와 함께 부엌일을 하지 않으면 안 되었다. 그러나 그 일이란 것이 크게 힘든 것은 아니었다. 왜냐하면 식구들이 모두 거의 아무것도 먹지 않았기 때문이다. 한 사람이 다른 사람에게 많이 먹으라고 자꾸만 권하였으나 그렇게 해도 아무 소용이 없었다. 상대방은 "고마워요, 많이 먹었어요." 하는 정도의 말 이외에는 아무 대답도 하지 않았다. 그레고르는 그런 식으로 서로 대화하는 것을 자주 들었다.

술 종류도 아마 전혀 마시지 않는 모양이었다. 누이동생이 곧 잠자리에 들 아버지에게 맥주를 드시겠느냐고 묻는 소리가 들렸다. "제가 가서 가져올게요." 하고 그녀는 친절하게 말을 꺼낸다. 그러나 아버지가 대꾸를 하지 않았으므로 누이동생은 그것을 소문을 꺼리는 침묵이라 짐작하고, 문지기 여자에게 부탁해서 가져오게 할 수도 있다고 말한다. 그러면 아버지는 마침내 큰 소리로 "안 마시겠다." 하고 말하는 것이었다. 그리고 이것으로 맥주에 대한 이야기는 더 이상 거론되지 않았다.

이미 첫날, 아버지는 어머니와 누이동생에게 모든 재정 상태며 장래의 전망에 대해 설명해 주었다. 그는 이따금 테이블 곁을 떠나 작은 금고에서 문서나 장부 같은 것을 가져왔는데, 이 금고는 5년 전 그의 사업이 파산했을 때 간신히 건져 낸 것이었다. 복잡한 자물쇠를 열고 필요한 것을 꺼낸 후에 다시 닫는 소리가 들려왔다. 아버지의 이러한 설명은 어떤 점에서는 그레고르가 감금 생활을 시작한 이래로 그의 마음을 위로해 주는 최초의 것이었다. 이제까지 그는 아버지가 파산했기 때문에 빈털터리가 되어 버렸다고만 믿고 있었다. 아버지는 최소한 그레고르에게 그 반대의 말은 하지 않았던 것이다. 또 그레고르 쪽에서도 거기에 대해서 아버지에게 물어본 적이 없었다.

당시 그레고르로서는 온 식구를 완전한 절망으로 몰아넣은 그 사업상의 비운을 될 수 있는 대로 빨리 가족들의 뇌리에서 지워 버리는 데 전력을 기울이는 일 외에는 아무것도 염두에 없었다. 그랬기 때문에 그레고르는 남보다 열심히 일했으며, 하룻밤 사이에 미미한 일개 점원에서 외판원으로 뛰어오를 수 있었던 것이다. 물론 외판원이 되고부터는 돈을 버는 여러 가지 방법들이 있었으며, 일의 성과는 당장 수수료나 현금의 형태로 바뀌었다. 그래서 그 돈을 집으로 가져와 기뻐하기도 하고 놀라기도 하는 가족들의 눈앞에서 테이블 위에 늘어놓아 보일 수가 있었던 것이다.

그 무렵은 정말 신났다. 후에 그레고르는 충분히 한 가정을 지탱할 수 있을 정도의, 그리고 또 현재의 집안 재정을 꾸려 나가는 데 충분한 돈을 벌기는 했지만, 그 신이 나던 시기는 이제 더 이상 옛날의 화려함과 더불어 돌아오지 않을 것이다. 가족들도 그레고르도 그것이 모두 습관이 되어 버려서, 돈을 받는 쪽의 감정과 내놓는 쪽의 호기豪氣에는 변함이 없었지만, 거기에는 이미 훈훈한 정이 담긴 특별한 감정이 나올 수가 없었다. 오직 누이동생만이 계속 오빠에게 각별한 애정을 나타내고 있었다.

그레고르와는 달리 그녀는 음악을 아주 좋아해서 바이올린 솜씨가 훌륭했으므로, 이 누이동생을 내년에는 음악 학교에 입학시켜 주어야겠다는 것이 그레고르가 마음속으로 품은 계획이었다. 물론 그러자면 돈이 많이 들겠지만, 그 정도의 돈은 또 다른 방법으로 어떻게 해서든지 변통할 수 있을 것이라고 생각했던 것이다. 그레고르가 이따금 잠시 집에 돌아와 있는 동안에도 음악 학교에 대한 이야기는 종종 오누이 사이의 화제가 되었으나, 그것은 도저히 이루기 힘든 아름다운 꿈으로만 여겨지고 있었다. 부모님은 그런 순진한 대화를 듣기만 해도 얼굴을 찌푸리곤 했다. 그러나 그레고르는 이 계획을 빈틈없이 세워 놓고 크리스마스이브에는 엄숙하게 선언하려고 마음먹고 있었던 것이다.

그레고르는 꼿꼿이 일어서서 몸을 문에 기댄 채 귀를 기울이고 있는 동안에도, 현재로서는 생각해 보았자 아무 소용이 없는 그런 일들을 문득문득 생각하였다. 때로는 온몸에 허기가 져서, 엿듣기 위하여 귀를 기울이고 있는 것도 힘들어져 무의식중에 머리를 문에 부딪치는 일도 있었다. 그러나 그는 급히 문을 꼭 붙들었다.

왜냐하면 그러한 아주 작은 소리까지도 옆방 사람들의 귀에 들릴 경우에는 모두가 입을 딱 봉해 버리기 때문이다. 그리고 잠시 사이를 두었다가 아버지가 분명히 문 쪽을 향해서 "또 무슨 짓을 하는군." 하고 말하고는 잠시 동안 중지했던 대화를 다시 소근소근 시작하는 것이었다.

그레고르는 그들의 대화를 충분히 엿들었다. 왜냐하면 아버지는 자신의 설명을 누누이 반복하는 버릇이 있었기 때문이다. 그것은 아버지로서도 이미 오랫동안 그런 이야기를 해 보지 않은데다가 또 이야기를 듣는 어머니도 단번에 상대방이 하는 말을 이해할 수 없었기 때문이다. 아버지의 설명을 엿듣고 그레고르가 분명하게 안 사실은, 여러 가지로 타격을 받았음에도 불구하고 옛날 재산이 아직도 조금은 남아 있으며, 그동안 전혀 손을 대지 않았기 때문에 예전보다는 적지만 어느 정도 이자가 붙어났다는 것이다. 게다가 매월 그레고르가 집에 가져온 돈도 ── 그레고르 자신은 용돈으로 겨우 2, 3굴덴(1굴덴=718원)을 썼을 뿐이었다 ── 전부 소비된 것이 아니었고, 열심히 저축을 해서 약간의 돈이 모아져 있다는 것이다. 그레고르는 문 뒤에서 열심히 고개를 끄덕이며 이 뜻하지 않은 조심성과 근검절약을 기뻐했다. 전에 그러한 여윳돈이 있었다면 아버지의 부채를 모두 갚아 버리고 홀가분하게 그 직장을 그만둘 수도 있었겠지만, 지금에 와서 생각하면 아버지가 취한 이런 처사가 집안에 행운을 가져왔다는 것에는 의심할 여지가 없었다.

돈이 좀 있다고는 하지만 그 정도의 적은 이자로 한 집안의 생활을 꾸려 나갈 수는 없을 것이다. 아마도 그 정도의 돈이라면, 1년이나 기껏해야 2년 정도 연명할 수 있을 것이다. 결국 그것은 손을 대서는 안 될 돈이었고 만일의 경우를 대비하여 남겨 두어야 할 정도의 금액에 지나지 않았다. 생활비는 달리 벌지 않으면 안 되었다. 그런데 아버지는 어떤가 하면, 역시 건강하기는 했지만 아무래도 이미 나이가 나이인데다가 아무런 일도 하지 않고 5년 동안이나 지내 왔기 때문에 일을 할 자신을 잃고 있었다. 더욱이 고생은 많았으나 전혀 보람이 없었던 그의 평생에서 처음으로 얻은 휴가라고 할 수 있는 지난 5년 동안, 완전히 살이 쪄 버려서 몸조차 자유로이 움직일 수 없는 상태였다. 그렇다면 어머니가 일을 해야 하는데, 어머니는 천식을 앓고 있어서 집 안을 왔다갔다하는 것도 힘들어 이틀에 한 번씩은 호흡 곤란으로 창문을 열어 놓고 소파 위에서 지내야 하는 형편이 아닌가?

그러면 남은 것은 누이동생인데, 이제 겨우 열일곱 살의 소녀로서 지금까지의 생활이라야 몸단장이나 하고, 실컷 잠이나 자고, 고작해야 부엌 심부름이나 하고, 돈이 들지 않는 구경이나 다니고, 무엇보다도 바이올린을 켜는 일이나 하면서 오늘날까지 살아온 어린아이가 아닌가. 이 어린 누이동생이 어찌 한 집안을 떠맡을 수가 있겠는가? 옆방에서의 대화가 여기에 이르면, 언제나 그레고르는 문에서 떠나 바로 옆에 있는 차디찬 가죽 소파 위에다 몸을 내던졌다. 치욕과 비통함 때문에 몸이 달아올랐기 때문이다.

그레고르는 가죽 소파 위에서 밤새도록 꼼짝하지 않고 소파에 씌워진 가죽을 쥐어뜯는 일이 잦아졌다. 그런가 하면 때로는 힘드는 줄도 모르고 의자를 창가로 밀고 가서 창턱에 기어오르기도 했으며, 어떤 때는 그냥 의자에 의지한 채 창에 기대어 예전에 창밖을 바라보면서 느꼈던 일종의 해방감을 막연하게 회상하기도 했다. 날이 갈수록 약간만 떨어져 있는 사물들도 점점 흐릿하게 보였다. 예전에는 아침저녁으로 눈앞에 보이는 건너편 병원 건물이 보기 싫어서 견딜 수 없었는데, 그 병원도 이제는 볼 수 없게 되었다.

자신이, 한적하기는 하지만 그래도 도시 한복판인 이 샤를롯테 가에 살고 있다는 사실을 확실히 기억하지 못하고 있었다면, 그는 창밖의 전망이 잿빛 하늘과 잿빛 대지가 분간되지 않은 채 뒤섞여 있는 황야라고 해도 별로 의심치 않았을 것이다. 주의력이 깊은 누이동생은 단 두 번 의자가 창가에 놓여 있는 것을 발견한 후 방 청소를 끝내면 언제나 창가의 그 자리에다 의자를 갖다 놓았고, 뿐만 아니라 그 이후로는 안쪽 창문까지 열어 놓았다.

만일 그레고르가 누이동생과 이야기가 통해서 그런 모든 마음 씀씀이에 대해 감사를 표시할 수만 있었다면 누이동생의 보살핌을 좀 더 편안한 기분으로 받아들일 수도 있었을 것이다. 그러나

그것이 불가능했기 때문에 그의 마음은 무척 괴로웠다. 물론 누이동생은 여러 가지 사건으로 인한 괴로움을 될 수 있는 대로 잊으려고 노력했다. 그리고 시간이 흐름에 따라서 그러한 모든 일들은 점점 나아져 갔다. 게다가 그레고르 쪽에서도 모든 것을 처음보다는 훨씬 정확하게 관찰할 수 있게 되었다.

이제는 누이동생이 방 안에 들어오기만 해도 그레고르는 겁을 냈다. 전에는 누이동생이 될 수 있는 대로 그레고르의 방을 다른 사람에게 보이지 않으려고 애를 썼으나, 이제는 그레고르의 방에 들어서기가 바쁘게 문을 닫을 겨를도 없이 급히 창가로 달려가서는 마치 질식이라도 할 것처럼 얼른 창문을 활짝 열어 놓고는, 아무리 추워도 잠시 창가에 서서 숨을 깊이 들이마시는 것이었다. 그녀는 이러한 달음박질과 창문의 덜거덕거리는 소리로 하루에 두 번씩 그레고르를 겁먹게 만들었다. 그래서 그레고르는 누이동생이 방 안에 있는 동안에는 언제나 소파 밑에서 떨어야 했다. 그러나 그는 누이동생을 충분히 이해할 수 있었다. 만일 누이동생이 그레고르의 방에서 창문을 닫은 채로 일할 수만 있었다면, 물론 일부러 이런 고통을 맛보게 하지는 않았을 것이다.

그레고르가 변신한 지 한 달쯤 지난 어느 날 — 그 무렵 이미 누이동생은 그레고르의 모습을 보고도 새삼스럽게 놀라거나 하지 않았다 — 한번은 누이동생이 평소보다 조금 빨리 왔기 때문에 그레고르가 꼿꼿이 선 채로 꼼짝도 않고 조용히 창밖을 내다보고 있

64

을 때 들어온 일이 있었다. 누이동생은 그러한 그레고르의 모습을 보자 기겁을 했다. 그레고르가 그렇게 창가에 서 있으면 바로 창문을 열 수 없기 때문에 누이동생이 방 안으로 들어오지 않은 것은 조금도 이상하지 않았다. 그러나 누이동생은 방 안으로 들어오지 않았을 뿐만 아니라 뒷걸음질을 치다가 문을 닫아 버렸다. 모르는 사람이 보았다면, 그레고르가 누이동생이 들어오기를 기다리고 있다가 그녀에게 덤벼들려고 한 것이 아닌가 하는 생각을 해도 무리는 아니었을 것이다. 물론 그레고르는 곧바로 소파 밑으로 몸을 숨겼는데, 다시 누이동생이 찾아온 것은 정오 무렵이었다. 뿐만 아니라 그녀는 평소보다 더욱 안절부절못하고 불안스럽게 보였다. 그리고 보면 그레고르의 모습을 보는 것이 누이동생으로서는 여전히 견딜 수 없는 노릇인 셈이다. 앞으로도 이런 상태는 계속될 것이라는 사실을 그레고르는 그 일로 미루어 알 수 있었다. 아무리 소파 밑에 숨어 있어도 그의 몸통이 조금은 내보였다. 그런데 누이동생은 오빠의 몸 일부분만 보아도 도망치고 싶을 것이 분명한데 그것을 참고 있었다. 그것은 자기 자신을 굉장히 자제하고 있기 때문인 것으로 여겨졌다.

어느 날 그레고르는 그의 몸이 조금이라도 누이동생의 눈에 띄지 않도록 하기 위해 이불을 등에 올려놓고 소파 위로 날랐다 — 이 작업은 꼬박 네 시간이 걸렸다. 그리고 그는 자신의 몸이 완전히 보이지 않도록, 또 설사 누이동생이 몸을 구부린다 해도 보이지 않도록 이불을 잘 안배했다. 누이동생이 혹시 이 이불이 필요하다고 생각한다면 물론 치워 버릴 수도 있다. 그러나 그레고르가 재미 삼아 이런 식으로 몸을 완전히 숨기고 있는 것이 아니라는 것쯤은 누이동생도 알아줄 것 같았다. 과연 누이동생은 이불을 그대로 놓아두었다. 뿐만 아니라 한번은 그레고르가 조심스럽게 이불을 약간 치켜들고 누이동생이 이 새로운 일을 어떻게 생각하고 있는가를 엿보았을 때, 누이동생의 눈에 감사의 빛이 슬쩍 스치는 것 같은 느낌마저 들었다.

처음 두 주일이 지나는 동안 부모님은 감히 그의 방에 들어오지 못하였다. 예전에 부모님은 누이동생에게 곧잘 화를 내었는데, 그것은 누이동생을 쓸모없는 딸자식 정도로만 생각하고 있었기 때문이다. 그러나 지금에 와서는 누이동생이 하는 일을 마음속으로부터 고마워하고 있다는 것을 이따금 그들의 대화에서 그레고르도 느낄 수 있었다. 그러나 이제는 누이동생이 그레고르의 방을 청소하고 있는 동안에 부모님은 곧잘 방 앞에서 기다리고 있다가, 누이동생이 밖으로 나오면 곧 방 안의 상태며 그레고르가 먹은 것이며 행동거지, 혹은 좀 좋은 방향으로 나아지는 징조가 보이는지 어떤지에 대해서 물었고, 누이동생은 자세하게 부모님에게 들려주어야만 했다. 그리고 어머니는 비교적 빠른 시일 안에 그레고르를 만나 보고 싶어했으나 아버지와 누이동생이 여러 가지로 그럴듯한 이유를 들어 그런 어머니를 만류했다. 그 이유라는 것을 그레고르는 매우 주의 깊게 듣고 있었는데, 그것은 참으로 지당한 것이었다.

처음에는 어머니도 그러저러한 이유로 망설였으나, 끝내는 아버지와 누이동생이 그녀의 팔을 붙잡고 늘어지는 지경에까지 이르렀다. 어머니는 큰 소리로 외쳤다. "들어가도록 해 주세요, 그레고르에게 가 봐야겠어요. 누가 뭐라고 해도 내 자식이니까요. 가엾은 아이, 알고 계시지 않아요, 내가 가봐 주어야 한다는 것쯤은."

물론 매일은 안 되겠지만 적어도 일주일에 한 번쯤은 어머니가 나의 방에 들어와 주는 것도 괜찮지 않겠는가. '아무래도 어머니는 누이동생보다는 모든 일을 훨씬 잘 이해할 수 있을 것이다. 기특하게 생각하고는 있지만 동생은 아직 어린 소녀이며 결국은 어린 소녀다운 단순한 기분에서 그런 어렵고 귀찮은 일을 떠맡고 있는 것이니까.'

어머니를 만나 보고 싶다는 그레고르의 소원은 오래지 않아 이루어졌다. 그는 한낮에는 부모님에 대한 염려 때문에 창가에는 가지 않기로 마음먹고 있었다. 그러나 방바닥을 기어다녀 보았자 고작해야 3평방미터 넓이밖에 되지 않아 별 재미가 없었다. 조용하게 가만히 엎드려 지내는 것은 밤만으로도 충분했으며, 음식을 먹는 일도 최근에 와서는 별로 구미가 당기지 않았기 때문에 사방의 벽이나 천장을 종횡 열십자로 기어 다니는 습관을 붙여 기분 전환을 하고 있었다.

특히 천장에 달라붙어 있는 일은 아주 기분이 좋았다 방바닥에 엎드려 있는 것과는 전혀 달랐다. 숨도 편히 쉴 수가 있었고 가벼운 진동이 온몸으로 전해졌다. 그는 천장에 달라붙어 있으면서 거의 행복이라고 해도 좋을 방심 상태에 빠져들었다가 무의식중에 다리를 떼어 방바닥 위로 떨어져 스스로 놀라는 일도 종종 있었다. 그렇지만 지금은 예전과는 달라서 자신의 몸을 마음대로 움직일 수 있으므로 그렇게 추락을 해도 대단하게 다치지는 않았다.

누이동생은 그레고르가 생각해 낸 이 새로운 위안거리를 곧 알아챘다 ─ 그레고르는 벽이나 천장에 끈적거리는 점액 자국을 남겼던 것이다. 누이동생은 그가 될 수 있는 대로 마음껏 기어 다닐 수 있도록 방해가 되는 가구나 특히 옷장과 책상을 치워 주려고 했다. 그런데 그것은 혼자서 할 수 있는 일이 아니었다. 그렇다고 해서 아버지에게 도움을 청할 수는 없었다. 하녀도 물론 여간해서는 도와주지 않을 것이다. 왜냐하면 이 열여섯 살쯤 되는 계집애는 예전의 하녀가 그만둔 이후로 기특하게 계속 참고 있어 주었지만, 주방 문을 항상 잠가 놓고는 오직 특별한 부름이 있을 때에만 문을 연다는 허락을 받고 있었던 것이다.

이럭저럭 아버지가 없는 기회를 타서 어머니에게 부탁하는 것 이외에는 달리 방도가 없었다. 어머니는 기쁜 나머지 환성을 올리며 달려와 주었으나 막상 그레고르의 방문 앞에까지 오자 입을 다물어 버렸다. 물론 누이동생은 우선 그레고르의 방 안에 별다른 이상이 있는지 없는지를 사전 점검했다. 그리고 확인이 끝난 후에야 비로소 어머니를 방 안으로 안내했다. 그레고르는 급히 이불을 평상시보다도 깊이, 그리고 일부러 주름을 많이 잡히게 해서 뒤집어썼다. 그래서 언뜻 보기에는 우연히 소파 위에 던져져 있는 이불에 지나지 않은 것처럼 보였다. 그레고르는 이번에도 역시 이불 밑에서 슬쩍 상황을 엿보는 일을 게을리하지 않았다. 그러나 이내 어머니의 모습을 보는 것을 단념했다. 마침내 어머니가 와 주었다는 것만으로도 기뻤다. "괜찮아요. 들어오세요, 어머니. 보이지 않아요." 하고 누이동생이 말했다. 분명히 어머니의 손을 끌어당기고 있는 모양이었다.

잠시 후 그레고르의 귀에는 연약한 두 여인이 꽤 낡고 무거운 옷장을 이제까지 있던 자리에서 밀어내는 소리가 들려왔다. 그리고 계속해서 일의 대부분을 누이동생이 도맡아 하는지 그것을 걱정하는 어머니의 목소리와 너무 무리하지 말라고 말리는데도 거기에는 귀도 기울이지 않고 부지런히 일을 진행시키고 있는 누이동생의 움직임 소리가 들려왔다. 시간이 꽤 걸렸다. 이럭저럭 15분 정도는 경과되었다고 생각될 무렵 어머니의 목소리가 들렸다.

"아무래도 이것은 역시 이 방에 놓아두는 것이 좋지 않겠니? 너무나 무거워서 아버지가 돌아오시기 전에 치울 수 있을 것 같지 않구나. 그렇다고 이것을 그냥 방 한가운데에다 이대로 내버려 두면 그레고르가 다니는 데 불편할 테고. 게다가 말이지, 가구를 치워 버리면 그레고르가 어떻게 생각할지 우리로서는 전혀 짐작할 수가 없지 않겠니. 차라리 예전대로 놓아두는 편이 그레고르에게는 좋지 않겠느냐 말이야. 가구를 치워 버리니 방 안의 벽이 텅 비어서 나로서는 어쩐지 견딜 수 없는 기분이 드는구나. 어찌되었든 오랫동안 이 방에서 거처해 왔으니 갑자기 모든 것을 치워 버린다면 그레고르는 아무래도 버림을 당한 기분이 들지 않을까? 게다가 이런 짓을 한다는 것은……." 하고 어머니는 목소리를 한층 낮추었다.

처음부터 어머니는 속삭이는 듯한 목소리로 말을 하였다. 그레고르가 어디에 숨어 있는지 확실히 알 수는 없었지만, 하여튼 자신의 목소리가 울리는 것까지도 그에게 들리게 하고 싶지 않다는 태도였다. 그녀는 설마 그레고르가 사람의 말을 이해하리라고는 꿈에도 생각지 못했다. "가구를 치워 버리거나 하면, 우리가 그 아이의 회복을 아주 단념해 버리고, 마치 더 이상 그 아이에 대하여 상관하지 않겠다는 것처럼 보이지 않겠니? 나는 이렇게 생각한다. 방 모양을 옛날과 똑같이 그대로 놓아두어야, 그레고르가 다시 병이 나았을 때 이 방이 조금도 변하지 않은 것을 보고 그만큼 쉽게 그동안의 일을 잊을 수가 있을 것 같구나."

이와 같이 말하는 어머니의 말을 듣고 그레고르는 깨달았다. 직접 사람들과 말을 할 수도 없고, 게다가 집에서 한 걸음도 밖으로 나갈 수 없는 단조로운 이 두 달 동안의 생활에서 아무래도 자신의 머리가 돌아 버린 게 아닌가 하고. 왜냐하면 방 안이 텅 비어 버리는 것이 더 좋겠다고 진심으로 바랐던 자신을 그렇게 설명할 수밖에 별다른 도리가 없었기 때문이다. 제정신을 가졌다면, 선조로부터 물려받은 가구가 친근하게 놓여 있는 따뜻한 방을 동굴로 바꾸어 버리려고 감히 생각할 수 있겠는가 말이다. 가구를 모두 치워 버린다면 물론 어디든지 마음대로 기어 다닐 수는 있겠지만, 그러나 그와 동시에 인간으로서 살아온 자신의 과거를 급속히 모두 잊어버리게 되리라. 더군다나 지금도 거의 잊어 가고 있지 않은가? 다만 어머니의 목소리를 오래간만에 들었기 때문에 일시적으로 자신의 본정신으로 되돌아온 것이 아닐까. 역시 이 방에서 아무것도 치워져서는 안 된다. 모든 것이 제자리에 있어야 된다. 자신의 현재 상태에 끼치는 가구의 좋은 영향이 사라져 버린다면 곤란하다. 그것 때문에 기어 다니는 데 방해가 된다 할지라도 그것은 해가 된다기보다는 큰 이익이 되는 것이다.

그러나 유감스럽게도 누이동생의 의견은 달랐다. 누이동생은 그레고르의 신상에 관한 한 부모님보다는 훨씬 사정에 밝았고, 또 소식통으로서도 부당하지 않았으며 그의 사정을 잘 이해하는 처지였다. 애당초 누이동생의 생각은 옷장과 책상만을 치우는 것이었으나 막상 어머니의 그런 충고를 듣자 생각이 변해, 반드시 필요한 소파를 제외하곤 모든 가구를 치워 버리자고 고집을 부리기 시작했다. 누이동생이 그와 같은 고집을 부리게 된 것은, 물론 어린 소녀다운 반항심이나 최근 들어 아주 예기치 않게, 어렵게 획득한 자신감 때문만이 아니었다.

실제적으로 그녀는 그레고르가 기어 다니려면 넓은 공간이 필요하며, 그렇기 때문에 방 안의 가구들은 아무 소용이 없다는 것을 간파하고 있었다. 그러나 다분히 그 나이 또래의 소녀에게 흔히 있을 수 있는 맹목적인 정열도 작용했을 것이다. 그러한 정열은 언제나 자신을 충족시킬 수 있는 기회를 찾게 되는데, 그 심리가 지금 그레테를 유혹해서 그레고르의 처지를 더욱 비참하게 만들고 있었다. 지금 그레테는 한층 더 열심히 그를 위해서 봉사하겠다는 열정에 사로잡혀 있을 뿐 아니라 그 유혹에 빠져 있었던 것이다. 사방의 벽 이외에는 아무것도 없는 텅 빈 방에 그레고르가 혼자 있게 되면, 그레테 이외에는 아무도 들어올 수 없을 것이 아닌가.

그러한 이유에서 누이동생은 어머니의 의견 때문에 결코 자신의 결심한 바를 번복하지 않았다. 어머니는 그렇지 않아도 그레고르의 방에 있는 것만으로도 초조하고 불안해 보였다. 그래서 곧 입을 다물어 버리고, 옷장을 밖으로 들어내려는 누이동생을 힘껏 도왔다. 그런데 이 옷장은 없더라도 지장이 없지만, 책상은 그렇지가 않았다. 두 여자가 힘들게 옷장을 밀어내고 방에서 나가자마자 그레고르는 소파 밑에서 고개를 내밀고, 어떻게 하면 신중하게 또 될 수 있는 대로 부드럽게 그들이 하는 일에 간섭할 수 있을까

하고 궁리를 했다. 그런데 공교롭게도 먼저 돌아온 것은 어머니 쪽이었다.

　그레테는 아직도 옆방에서 옷장에 매달려 혼자서 이리저리 움직이고 있었다. 물론 옷장의 위치는 조금도 달라지지 않았다. 그런데 어머니는 그레고르의 모습을 자세히 본 적이 없었으므로 그를 보게 되면 크게 병이 날지도 몰랐다. 그래서 그레고르는 깜짝 놀라 소파의 다른 쪽으로 급히 뒷걸음질을 쳤다. 그러나 그때 이불의 양쪽이 약간 들먹여진 것은 어쩔 수가 없었다. 그것만으로도 어머니의 주의를 끌기에는 충분했다. 어머니는 문득 멈추어 한순간 그대로 가만히 서 있었으나, 이윽고 옆방의 그레테에게로 달려가 버렸다.

　무슨 큰 소동이 벌어진 것도 아니다. 단지 가구 두세 개의 위치를 바꾸는 것뿐이다. 그레고르가 그런 식으로 몇 차례 자신을 타일렀음에도 불구하고, 그들이 드나드는 소리, 나직하게 서로 부르는 소리, 방바닥 위에서 가구가 끌리는 소리들은 사방에서 밀려오는 요란한 음향과 같은 작용을 하였다. 그는 될 수 있는 대로 목이며 다리를 잔뜩 움츠리고 배를 방바닥에다 꼭 대고 있었지만, 곧 그의 참을성도 한계에 달하지 않을 수 없었다.

　지금 두 여인은 방을 완전히 텅 비도록 만들려고 한다. 그가 좋아하는 물건들을 모조리 끄집어내려 하고 있다. 실톱이며 기타 도구들이 들어 있는 상자는 이미 운반되어 버렸다. 그리고 이제는 방바닥에 꼭 부착시켜 놓은 책상에 손을 대고 흔들고 있다. 그것은 그레고르가 상과대학의 학생으로서, 중학생으로서, 아니 이미 초등학교 시절부터 계속 공부하면서 사용해 온 책상인 것이다. 일이 이쯤 되자, 그녀들이 하고 있는 선의의 일에 대해 고려해 볼 여유조차 가질 수 없게 되었다. 그는 두 사람의 존재를 거의 잊어버렸다. 왜냐하면 두 사람은 이미 지쳐 있었기 때문에 아무 말 없이 일만 하고 있었으므로, 그에게 들리는 것은 오직 무거운 그들의 발소리뿐이었다.

그레고르는 더 이상 참을 수가 없었다. 그는 소파 밑에서 기어 나왔다 ― 그녀들은 마침 옆방에서 책상에 기대어 잠시 숨을 돌리고 있는 참이었다. 그는 먼저 어떤 가구를 남겨 놓아야 할지 목표를 정하지 못하고, 기어가는 방향을 네 번이나 바꾸었다. 이미 텅 비어 버린 방의 벽면에 단 하나 예의 모피로 감싼 여인의 초상화가 걸려 있는 것이 눈에 띄었다. 그는 급히 기어올라 가 유리 위에 몸을 밀착시켰다. 유리에 몸이 닿자 뜨거웠던 복부가 시원해져서 기분이 좋았다. 지금 감추고 있는 이 그림만은 아무도 가져가지 못하게

하리라고 그는 생각했다. 이쪽으로 되돌아오는 여인들의 모습을 살펴보기 위해서 그는 고개를 들어 거실로 통하는 문 쪽을 바라보았다.

두 사람은 별로 오래 쉬지도 않고 곧 돌아왔다. 그레테는 어머니의 몸에 팔을 감아 거의 껴안다시피 부축하고 있었다. "자아, 이제는 무엇을 치울까요?" 하고 그레테가 말하며 주위를 살펴보았다. 그때 그레테와 벽에 달라붙어 있는 그레고르의 시선이 마주쳤다. 어머니가 있었기 때문에 누이동생은 침착성을 잃지 않으려

고 애쓰면서 얼굴을 어머니 쪽으로 숙이고는 어머니가 주위를 휘둘러볼 수 없도록 하려고 이렇게 말했다. "어머니, 잠시 거실로 돌아가 계시는 게 좋겠어요!" 그녀의 목소리가 떨려 나왔고, 그것은 앞뒤 분별도 없이 한 말이었다. 그레테의 속셈을 그는 확실히 알 수 있었다. '어머니를 안전한 곳으로 데리고 간 후에 나를 제자리로 쫓아 보내려는 것이겠지. 좋아, 쫓아 보낼 수 있으면 쫓아 보라지.' 그레고르는 그림 위에 달라붙은 채로, 결코 그것을 그녀에게 넘겨주지 않겠다고 다짐했다. 그림을 내주느니 차라리 그레테의 얼굴 위로 뛰어내릴 참이었다.

그러나 그레테가 그런 말을 한 것은 오히려 긁어 부스럼이 되었다. 어머니는 그레테의 말에 처음부터 불안스러움을 느끼고는 한 걸음 옆으로 물러서며 꽃무늬 벽지 위에 있는 거대한 갈색 반점을 발견하였으며, 자기가 본 것이 그레고르라는 것을 미처 의식하기도 전에 소리를 질러 댔다. "앗! 저게 뭐냐? 사람 살려요!" 그리고 어머니는 마치 모든 것을 포기라도 하는 듯이 두 팔을 크게 벌리고 소파 위에 쓰러져 꼼짝도 하지 않았다. "그레고르!" 누이동생은 주먹을 쳐들고 찌르는 듯한 시선으로 그레고르를 쏘아보았다. 이것이 그가 변신한 이래로 누이동생이 직접 그를 향해서 한 첫마디였다.

누이동생은 어머니가 깨어나도록 하기 위해 각성제를 찾으러 옆방으로 달려갔다. 그레고르도 도와주고 싶었다 ― 그림을 구할 시간은 아직 있다. 그러나 몸이 액자 유리에 착 달라붙어 있었으므로 힘들여 떨어져야만 했다. 그리고 자신도 급히 옆방으로 들어갔다. 마치 예전처럼 누이동생에게 어떤 충고라도 해 줄 수 있을 것처럼. 그러나 아무 일도 하지 못하고 누이동생의 뒤에 그저 우두커니 서 있을 수밖에 없었다. 갖가지 잡다한 작은 병들을 뒤지고 있던 누이동생은 뒤를 돌아보고 다시 한 번 놀랐다. 그때 병 하나가 밑으로 굴러 떨어져 박살이 났고, 유리 조각이 그레고르의 얼굴에 튀어 상처를 입혔다. 무엇인지 모르겠으나 부식제 같은 약물이 그레고르의 몸 주위로 흘러내렸다. 그런데 그레테는 잠시도 지체하지 않고 손에 병을 잔뜩 들고는 어머니에게로 돌아가면서 발로 문을 차 닫았다.

이렇게 해서 그레고르는 어머니로부터 차단되었다. 어머니는 그레고르 때문에 거의 빈사 상태에 빠진 것이다. 이 문을 열어서는 안 되었다. 누이동생은 어머니 옆에 있어야 하며 자신이 들어가서 그녀를 쫓아내서는 안 된다. 이곳에서 조용히 기다리고 있을 수밖에 없었다. 자책과 불안에 쫓겨 그는 기어 다니기 시작했다. 벽과 가구와 천장을 이리저리 기어 다녔다. 이미 방 전체가 그를 중심으로 빙빙 돌기 시작했을 때, 그레고르는 절망 속에서 천장으로부터 밑의 큰 테이블 한복판으로 떨어지고 말았다.

그리 길지 않은 시간이 흘렀다. 그레고르는 축 늘어져 엎드린 채로 있었으며 주위는 조용했다. 틀림없이 이것은 좋은 징조일 것이다. 그때 현관 벨이 울렸다. 하녀는 물론 주방에 틀어박혀 있었으므로 그레테가 문을 열어 주기 위해 나가야만 했다. 아버지가 돌아온 것이다. "무슨 일이 있었니?" 그의 첫마디였다. 그레테의 모습을 보고 모든 것을 짐작한 모양이다. 그레테의 목소리가 먹먹하고 잘 들리지 않는 것은, 틀림없이 아버지의 가슴에 얼굴을 파묻고 있기 때문일 것이다. "어머니가 기절하셨어요. 하지만 지금은 많이 좋아지셨어요. 그레고르가 기어 나왔거든요."

"그럴 줄 알았다!" 하고 아버지는 말했다. "내가 항상 주의를 주었는데도 여자들이란 도대체 내 말을 들으려고 하지 않으니까 이 모양이지." 아버지는 그레테의 너무나도 짧고 간단한 보고를 듣고도 나쁘게만 생각해서, 그레고르가 어떤 난폭한 짓이라도 한 것처럼 생각하는 모양이었다. 그래서 그레고르는 이제부터 아버지의 마음을 진정시킬 수 있는 일을 해야만 했다. 그에게 사정을 설명할 시간도 가능성도 없었으므로, 그는 자신의 방문 앞에서 도망쳐 문에다 몸을 바싹 붙였다. 그렇게 하면 현관에서 이쪽으로 들어오는 아버지가, 그레고르는 곧 자신의 방으로 돌아가려고 하는 최선의 의도를 가지고 있고, 따라서 그를 쫓아 보낸다는 것은 불필요한 일이며, 오직 문을 열어 주기만 하면 금방 사라질 것이라는 사실을 쉽사리 깨달을 수가 있을 것이다. 그레고르는 그렇게 생각했다.

그러나 아버지는 그레고르의 그러한 섬세한 마음씨를 헤아릴 수 있는 기분이 아니었다. 그는 방 안으로 들어서자마자 "그래!" 하고 소리쳤다. 분개와 희열이 뒤섞인 듯한 묘한 목소리였다. 그 레고르는 머리를 문에서 다시 돌려 부친 쪽을 쳐다보았다. 그의 눈앞에 우뚝 서 있는 아버지는 정말 생각지도 못했던 모습을 하고 있었다. 물론 최근에는 새로운 방법으로 기어 다니는 일에 정신이 팔려서 예전처럼 집안에서 일어나는 모든 일에 관심을 기울이지 못하고 있었다. 그러니 달라진 집안 사정을 보고도 놀라지 않을 각오가 되어 있어야 했을 것이다.

그런데 그것은 그렇다 하더라도 이 사람이 과연 내 아버지란 말인가? 옛날의 아버지는 그레고르가 아침 일찍 출장을 떠날 때 면 침대 속에 축 늘어져 자고 있었고, 여행에서 돌아온 저녁이면 잠옷 차림으로 안락의자에 앉아 그를 맞이했었다. 잘 일어서지도 못하고, 기쁨을 나타낼 때에는 오직 두 팔만을 쳐들어 보이던 분, 일 년에 두서너 번 일요일이나 축제일 같은 때에 가족과 함께 산 책을 나가면, 그렇지 않아도 원래 걸음이 느린 그레고르와 어머니 사이에 끼어, 그 느린 두 사람보다도 더욱 느리게 낡은 외투를 걸 치고 언제나 조심스럽게 지팡이를 짚으면서 걷던 분, 무슨 말이라 도 하려고 할 때에는 거의 언제나 걸음을 멈추고 동반한 두 사람 을 자기 가까이로 오게 하던 분, 그 아버지와 지금 눈앞에 서 있는 사람이 동일인이란 말인가?

그러한 모습이었던 아버지가 지금은 단정하게 몸을 똑바로 세우고 서 있다. 은행 수위가 입은 것과 같은, 몸에 꼭 맞는 금단추가 달린 감색 제복을 입었으며, 저고리의 높고 빳빳한 깃 위로 나온 턱은 두 겹으로 겹쳐 있다. 짙은 눈썹 밑에는 생기 있고 조심스러워 보이는 까만 눈이 번쩍번쩍 빛나고 있다. 예전에는 빗질도 하지 않던 백발이 지나칠 정도로 단정하게 빗질을 해서 머리에 딱 달라붙어 빛나고 있다. 그는 금실로 머리글자를 수놓은 제모 — 아마도 은행 이름인 것 같다 — 를 활 모양의 선을 그으며 방 안의 침대 위로 날려 던졌다. 그리고 제복의 긴 옷자락 끝을 뒤로 젖히고 양손을 바지 주머니 속에 찔러 넣고, 매우 불쾌한 표정으로 그레고르 쪽으로 걸어왔다. 아버지는 아마도 자기 자신이 무엇을 하려는지 잘 모르고 있는 것 같았다. 하여튼 그는 발을 매우 높이 들어 올리면서 걸었다. 그레고르는 아버지의 구두 바닥이 어처구니없이 큰 것을 보고 놀랐다. 그러나 그는 어떻게 할 도리가 없었다.

새로운 생활이 시작된 첫날부터 아버지는 그를 최대한으로 엄격하게 다룰 작정인 듯했다. 그러나 그레고르는 지당한 일이라고 생각하고 있었다. 그래서 아버지가 가까이 오면 쫓기는 것처럼 앞으로 도망치고, 아버지가 정지하면 그도 다시 발을 멈추었다. 아버지가 조금만 몸을 움직여도 그는 곧 뒤로 급히 도망쳤다. 그렇게 해서 두 사람은 몇 번이나 방 안을 빙빙 돌았다. 아버지의 동작은 느렸기 때문에 다른 사람의 눈에도 그레고르를 해치려는 것처럼 보이지는 않았다. 벽이나 천장으로 도망친다면 아버지는 그것을 새삼 악의로 받아들일 것이기 때문에 그레고르는 일단 마룻바닥에 그대로 있기로 했다. 어찌되었든 그레고르는 다리 운동을 많이 해야 했기 때문에 마룻바닥 위를 기어 다니는 일도 그렇게 오래 지속할 수 없었다. 그는 변신하기 전에도 폐가 별로 튼튼한 편이 아니었다. 그는 숨이 찼다.

이렇게 전력을 다해 비틀거리며 기어 다니다 보니 눈은 거의 뜰 수가 없을 지경이었다. 어리석게도 마룻바닥 위를 기어서 도망치는 일 이외에는 다른 방법이 전혀 떠오르지 않았다. 자유롭게 벽을 기어오를 수도 있으련만……. 그는 그런 사실마저도 잊어버

리고 있었다. 더군다나 벽면에는 공을 들여서 조각한 가구류 때문에 톱니 모양으로 뾰족하게 튀어나온 곳이 많았다 — 바로 그때 바로 옆에서 무엇인가가 날아오더니 그의 앞으로 굴러갔다. 사과였다. 계속해서 두 번째 사과가 날아왔다. 그레고르는 놀란 나머지 그 자리에 섰다. 더 이상 기어서 도망을 친다 해도 이제는 헛수고였다. 아버지가 폭력을 가할 결의를 굳히고 있었기 때문이다. 찬장 위에 있던 과일 접시에서 사과를 꺼내 주머니에다 가득 채우고는 겨냥도 하지 않은 채 마구 던지기 시작한 것이다. 작고 빨간 사과는 전기 장치로 조종되는 것처럼 마룻바닥 위로 굴러다니면서 서로 부딪쳤다. 슬쩍 던진 사과 한 알이 그의 등을 스쳤으나 별 상처는 입지 않았다. 그런데 이어서 날아오던 사과 한 알이 등에 정통으로 박혔다.

갑작스럽게 닥친, 믿기 어려울 만큼 격심한 등의 통증을 잊어버리기라도 하려는 듯 그레고르는 다시 도망치려고 했다. 그러나 마치 못에라도 박힌 듯한 통증으로 모든 감각이 완전히 마비된 채 그 자리에 뻗어 버렸다.

마지막으로 눈을 감으며 그는 자신의 방문이 열리는 것을 간신히 볼 수가 있었다. 무슨 말인지를 외치고 있는 누이동생의 뒤에서 어머니가 달려 나왔다. 속옷 바람이었다. 조금 전 기절했을 때 호흡을 편하게 하기 위해 누이동생이 옷을 벗겨 놓았던 것이다. 어머니는 그 차림새로 아버지에게 달려갔다. 그 사이에 끈과 쇠고리가 끌러진 치마가 한 장 한 장 마룻바닥으로 흘러내렸다. 어머니는 그 치마에 발이 걸리면서도 아버지 곁으로 달려가 그를 부둥켜안고는 — 그러나 이미 그레고르의 눈은 감긴 상태였다 — 아버지의 머리 뒤로 팔을 돌려 껴안으며 그레고르의 목숨을 살려 달라고 애원했다.

3

한 달 이상이나 그레고르를 괴롭힌 이 무거운 상처는 ─ 아무도 감히 뽑아 내려고 하는 사람이 없었기 때문에, 그 사과는 이 사건의 눈에 보이는 기념품으로서 살 속에 박힌 채로 있었다 ─ 현재의 그레고르의 모습이 아무리 참담하고 징그럽다 하더라도, 가족의 일원인 그를 원수처럼 취급해서는 안 된다는 것을 아버지로 하여금 깨닫도록 하였다. 아버지는 혐오스런 감정을 가슴속에 접어 두고 오직 꾹 참는 것만이 가족의 의무라고까지 생각하게 되었다.

그런데 그레고르는 그 상처 때문에 몸을 자유롭게 움직이는 일이 영원히 불가능해진 것 같았다. 현재로서는 방을 건너가는 데도 마치 부상당한 노병처럼 매우 긴 시간을 필요로 했다. 더군다나 높은 곳을 기어올라 간다는 것은 상상도 못할 일이었다. 그렇게 악화된 상태는 그에게 다음과 같은 일로 해서 충분히 만족스런 보상을 주게 되었다. 즉 언제나 석양 무렵부터 밤에 걸쳐서 거실과 그레고르의 방을 가로막고 있던 문이 열리게 된 것이다. 그레고르는 한두 시간 전부터 뚫어지게 그 문을 응시하는 것이 일상적인 습관이 되었다. 어두운 방 안에 있는 그의 모습은 거실에 있는 사람에게는 보이지 않았고, 반대로 그레고르에게는 가스등이 환히 켜진 테이블 주위에 모여 있는 가족들의 모습이 보였다. 그들의 대화를, 말하자면 가족들의 공인公認 아래 예전보다는 훨씬 자유롭게 들을 수 있게 된 것이다.

출장 중 어느 싸구려 호텔의 눅눅한 침대 속에 지친 몸을 던져야 했던 시절, 그레고르는 언제나 다소 부러운 마음으로 자기 집 거실에서 떠들썩하게 이야기하고 있을 식구들의 모습을 그리워했었는데, 지금 눈앞에 있는 것은 그러한 옛날의 생기 있는 모습은 아니었다. 지금은 대개 아주 조용히 시간이 흘러갈 뿐이었다. 아버지는 저녁 식사 후 곧 자신의 안락의자에 앉은 채로 잠이 들었고, 어머니와 누이동생은 서로 눈짓을 하며 조용히 앉아 있었다. 어머니는 등불 밑에 상체를 내밀고 유행복 가게에서 맡아 온 고급 속옷을 바느질하고 있었으며, 점원이 된 누이동생은 장래에 좀 더 좋은 일자리를 구하기 위하여 밤이면 속기술과 프랑스어를 공부하고 있었다. 이따금 아버지가 눈을 떴는데, 마치 자신이 잠들었던 것을 모르는 양 어머니를 향하여 "오늘도 너무 늦게까지 일을 하는군!" 하고 말하고는 곧 다시 잠들어 버렸다. 그러면 어머니와 누이동생은 서로 힘없이 미소를 주고받는 것이었다.

아버지는 일종의 고집으로, 집에 돌아와서도 수위 제복을 벗지 않았다. 그래서 실내복은 쓸모도 없이 옷걸이에 걸려 있었고, 그는 아직도 자기 직장에 있는 것처럼, 혹은 집에 있어도 상관의 명령을 기다리고 있는 것처럼 단정하게 제복을 입은 채로 잠들어 있었다. 어머니와 누이동생은 이 제복을 더럽히지 않으려고 열심이었지만, 처음 지급받았을 때부터 이미 신품이 아니었으므로 언제나 더러워 보였다. 그레고르는 곧잘 저녁 내내, 항상 닦아서 번쩍번쩍 빛나는 금단추 외에는 이미 얼룩투성이로 더러워진 아버지의 제복을 바라보면서 지냈다. 늙은 아버지는 이 옷을 단정하게 입고 매우 불편한 모습으로, 그러나 조용히 잠들어 있었다.

10시가 되면 어머니는 나지막한 목소리로 아버지를 깨웠다. 그리고 침대로 가서 편히 자도록 하기 위해 무진 애를 썼다. 사실 그런 상태로 잠을 자게 되면 몹시 불편할 뿐만 아니라, 아버지는 6시에 출근을 해야 하기 때문에 충분히 자 두어야만 했다. 그러나 수위가 된 이후로 고집만 세진 아버지는 언제나 좀 더 거실 테이블 옆에 있겠다고 우겨 댔고 그러다가 으레 다시 잠이 들어 버렸다. 그런 아버지에게 안락의자에서 침대로 잠자리를 옮기도록 하는 일은 보통 힘드는 일이 아니었다. 어머니와 누이동생이 잠을 깨우려고 아무리 조심스럽게 타일러도 아버지는 15분 정도는 눈을 감은 채로 고개만 천천히 가로저을 뿐 자리에서 일어나려 하지 않았다. 어머니는 늙은 아버지의 옷소매를 잡아 당기면서 그의 귓전에 대고 무엇인가를 속삭였고, 누이동생도 공부를 집어치우고 어머니에게 가세하였다. 그래도 아버지는 요지부동이었고 점점 더 깊숙이 안락의자 속으로 파묻히는 것이었다.

여자들이 아버지의 겨드랑이 밑으로 손을 넣으면, 그제야 그는 겨우 눈을 뜨고 어머니와 누이동생을 번갈아 바라보면서 입버릇처럼 정해진 말을 중얼거렸다. "이것이 인생이다. 이것이 나의 노후의 휴식처다." 그리고는 두 여인의 부축을 받으며 힘겹게 몸을 일으켰다. 그것은 마치 자기의 몸이 자신에게도 무거운 짐으로 느껴진다는 듯한 모습이었다. 아버지는 그녀들을 따라 문 앞까지 갔

다. 그곳에서 이제는 됐다는 신호를 한 후에 그는 혼자서 걸어 나 갔다. 그러나 어머니는 재빨리 바느질 도구를 집어 던지고 누이동 생은 펜을 치워 버린 후 아버지의 뒤를 쫓아가 잠자리 준비를 거 드는 것이었다.

일에 지치고 피곤에 젖은 이 가정 안에서 필요 이상으로 그레 고르를 보살펴 줄 시간적 여유를 가진 사람은 아무도 없었다. 집 안 살림은 점점 어려워져 갔다. 하녀도 결국은 내보내게 되었고, 그 대신 머리에는 백발이 흩날리고 뼈가 굵고 몸집이 큰 여인이 아침저녁으로 드나들며 가장 힘이 드는 일만 거들어 주었다. 그 외의 모든 일은 어머니가 바느질을 하면서 해냈다. 심지어는 이전 에 어머니와 누이동생이 친목회나 축하 모임이 있을 때면 자랑스 럽게 몸에 치장하던 여러 가지 잡다한 장식품 같은 것들도 팔게 되었다. 이 소식은 저녁에 가족이 모두 모여서 그것을 얼마나 받 고 팔면 될까 하고 서로 의논하는 것을 듣고서야 알게 된 일이다.

그러나 가장 큰 두통거리는 언제나 주거 문제였다. 현재 사정 으로는 이 집은 너무 컸다. 그러나 이사를 할 방책이 서지 않았다. 그레고르를 어떻게 옮겨야 할지 모르기 때문이었다. 그러나 그레 고르는 이사를 방해하고 있는 것이 단지 자신에 대한 배려 때문만 은 아니라는 사실을 잘 알고 있었다. 적당한 상자에다 숨구멍만 서너 개 뚫어 놓으면 그레고르쯤은 문제없이 운반할 수 있을 것이 다. 이사를 방해하고 있는 주된 원인은 오히려 완전한 절망감과 자신들의 친척, 친지들 사이에서 전혀 유례가 없는 불행을 그들이 겪고 있다는 생각 때문이었다.

세상이 가난한 사람들에게 요구하는 온갖 어려움에 대해서는 온 집안 식구들이 이미 최대한으로 응하고 있었다. 아버지는 은행의 말단 직원들을 위해 아침 식사를 날라다 주는 일까지도 마다하지 않았으며, 어머니는 어머니대로 낯모르는 사람들의 빨랫감을 맡아서 하느라 자신을 희생했고, 누이동생은 고객의 주문에 따라 판매대 뒤에서 이리 뛰고 저리 뛰었다. 그러나 가족들의 힘은 이미 한계점에 달하고 있었다.

아버지를 잠재우고 어머니와 누이동생은 다시 거실로 돌아왔다. 그리고 일감에는 손도 대지 않고, 볼과 볼이 맞닿을 정도로 바싹 다가앉아 얘기를 나누었다. 어머니가 그레고르의 방을 가리키며, "그레테야, 이제 저 문을 닫아라." 하고 말했다. 그레고르는 또다시 어둠 속에 혼자 있게 되었다. 옆방에서는 두 여인이 소리 없이 눈물을 흘리거나 눈물조차 메말라 테이블만 뚫어지게 쳐다보며 앉아 있었다. 그럴 때면 그레고르의 등의 상처는 방금 입은 상처인 양 다시 아프기 시작하는 것이었다.

그레고르는 밤이나 낮이나 거의 잠을 이루지 못하고 지냈다. 그는 때때로 이번에 창문이 열리면 옛날처럼 집안 살림을 자신이 한번 도맡아 하리라고 생각해 보았다. 그의 뇌리에는 오랜만에 회사 사장이나 지배인, 사원과 견습사원들, 몹시 머리가 둔한 사환,

다른 장사를 하고 있는 두세 명의 친구들이 떠올랐고, 어느 시골 호텔의 하녀며 즐겁고도 덧없는 추억들, 진지했으나 구혼이 너무 늦었던 어느 모자점의 회계원인 처녀의 모습도 나타났다. 그리고 그러한 모습들은 낯선 사람이나 이미 잊어버린 사람들 사이에 뒤범벅이 되어 나타났다. 그러나 그런 사람들은 그나 그의 가족을 도와주기에는 모두가 너무 멀리에 있었다. 그래서 그는 그들의 모습이 다시 사라지자 오히려 기분이 좋았다.

그런가 하면 가족에 대한 걱정 같은 것은 전혀 하고 싶지 않을 때도 있었다. 그럴 때에는 자신에 대한 학대에 단지 화가 치밀 뿐이었다. 무엇을 먹으면 식욕이 생길지 자기 자신도 전혀 짐작이 가지 않았고 또 배가 고픈 것도 아니었지만, 그래도 주방으로 기어가서 자기 입맛에 맞는 무엇인가를 가져올 계획을 세워 보기도 하였다. 누이동생은 요즈음 들어 무엇을 주어야 그레고르가 기뻐할지 그런 것은 생각해 보지도 않고, 아침이나 점심때 가게에 나가기 전에 아무 음식물이나 허둥지둥 발끝으로 그레고르의 방에 밀어 넣었다. 그리고 저녁때는 그가 음식물에 조금이라도 입을 댔거나 말았거나 — 이것이 가장 빈번하게 반복된 일이었는데도 — 전혀 신경을 쓰지 않고 비로 쓸어가 버리는 것이었다.

저녁에 하는 방 청소는 전부터 누이동생이 맡아서 하던 일이었는데, 그것도 지금에 와서는 아무리 빨리 해치운다고 해도 그렇게 엉터리일 수가 없었다. 사방 벽을 따라 더러운 자국이 죽죽 그어져 있었으며, 여기저기 먼지와 오물 덩어리가 뒹굴고 있었다. 처음에 그레고르는 누이동생이 방에 들어왔을 때, 일부러 더러운 구석에 가 있는 것으로 어느 정도 누이동생에게 비난의 뜻을 전하려고 해 보았다. 그러나 아무리 오랫동안 그곳에 웅크리고 있어도 누이동생의 태도는 달라지지 않았다. 누이동생은 그레고르와 마찬가지로 틀림없이 오물을 보았을 텐데도 마치 오물을 방치해 두려고 굳게 작정이나 한 것처럼 보였다. 그러면서도 누가 그레고르의 방 청소에 대한 자신의 특권을 침해하기라도 할까 봐, 누이동생은 이제까지 볼 수 없었던 특별한 신경과민적인 감시를 계속했다.

언젠가 어머니가 서너 통의 물로 그레고르의 방을 대청소한 일이 있었다. 그때 방이 온통 물바다가 되어 심히 기분이 상한 그레고르는 화가 나서 소파 위에서 꼼짝하지 않고 뒹굴고 있었다. 결국 어머니는 그 벌을 받았다. 왜냐하면 저녁에 귀가한 누이동생이 그레고르의 방 상태가 변한 것을 확인하고는 몹시 화가 나서 거실로 달려가, 그녀를 달래면서 손으로 말리는 어머니를 흘겨보면서 몸을 비틀며 울음을 터뜨렸던 것이다. 물론 이 울음소리는 아버지를 안락의자에서 벌떡 일어나게 만들었다. 그녀에 대하여 부모님은 놀라고 질려서 처음에는 수수방관하고 있었다.

그러나 뒤늦게 전후 사정을 알아챈 아버지가 이윽고 오른쪽에 있는 어머니를 향해서 왜 당신은 그레고르의 방 청소를 딸아이에게 맡겨 두지 않았느냐고 책망했고, 왼쪽에 있는 그레테에게는 앞으로 다시는 어머니가 청소 같은 것을 하지 못하도록 하겠다고 찢어지는 듯한 소리를 질렀다. 어머니는 당황하여, 흥분으로 정신을 못 차리고 있는 아버지를 침실로 끌고 가려고 했다. 한쪽에서는 그레테가 몸을 떨면서 흐느껴 울며 조그마한 주먹으로 테이블을 두드리고 있었다. 방문을 닫아 주기만 한다면 이 슬퍼서 한탄하는 장면을 보지 않아도 되고, 이 소란을 듣지 않아도 될 것을 아무도 문을 닫아 줄 생각을 하지 않았다. 그레고르는 격분한 나머지 큰 소리로 쉿 하는 소리를 냈다.

그러나 아무리 누이동생이 낮 근무에 시달려 그레고르를 돌보는 일에 싫증을 내고 있다 할지라도, 어머니가 딸 대신으로 애를 쓸 필요는 조금도 없었다. 그리고 그레고르로서도 특별히 등한시당할 필요가 없었다. 왜냐하면 고용된 늙은 할멈이 있었기 때문이다. 그 긴 일생 동안, 튼튼한 몸으로 온갖 쓰라린 일을 겪어 온 이 할멈은 처음부터 그레고르를 조금도 무서워하지 않았다. 그녀는 어느 땐가 우연히 그레고르의 방문을 열어 본 일이 있었다. 그것은 호기심 때문이 아니었다. 몹시 놀란 그레고르는 누구에게 쫓기는 것도 아니면서 어슬렁어슬렁 기어 다니기 시작했다. 그러자 이 할멈은 아랫배 위에 양손을 깍지 끼고, 움직이는 기색도 없이 우뚝 선 채로 그레고르의 모습을 바라보고 있었다.

그 이후론 언제나 조석으로 문을 슬그머니 열고 잠깐씩 그레고르를 들여다보는 일을 게을리하지 않았다. 처음에 할멈은 "말똥

벌레야, 이쪽으로 오너라."라든가 "어머! 이 늙은 말똥벌레 좀 봐."라는, 그녀로서는 다분히 정다운 말로써 그레고르를 자기 쪽으로 불러 보려고 했다. 그러나 그레고르는 그런 유인하는 소리를 묵살해 버리고, 문이 열린 것을 짐짓 모른 체하며 자신이 있는 위치에서 꼼짝도 하지 않았다. 사실 이 할멈에게 심심파적으로 아무런 의미도 없이 반복하는 그런 방해 대신 매일 방 청소나 좀 시켰으면 좋았을 것이다.

어느 날 아침 일찍 — 세찬 빗방울이 유리창에 들이치고 있었는데, 이것도 아마 봄이 가까워진 증거였을 것이다 — 할멈이 또다시 그레고르의 방문을 열고는 놀리기 시작했으므로, 그레고르는 몹시 화를 내며 힘은 없었지만 덤벼들 듯한 기세를 하고 그 여인 쪽으로 느릿느릿 몸을 돌렸다. 그러나 상대방은 놀라기는커녕 문 옆에 있던 의자 하나를 노골적으로 높이 쳐들었다. 입을 크게 벌리고 선 그 모습은 손에 든 의자로 금방이라도 그레고르의 등을 내리칠 것같이 보였다. "뭐야, 겨우 그것뿐이냐!" 그녀는 그레고르가 다시 방향을 돌리는 것을 보며 그렇게 말하고는 의자를 조용히 구석에다 다시 내려놓았다.

최근에 와서 그는 거의 아무것도 먹지 않았다. 이따금 넣어 준 음식물 옆을 지나갈 때에 한해서 장난 삼아 한입 먹어 보거나, 삼키지 않고 몇 시간 동안을 입에 머금고 있다가 대개는 나중에 뱉어 버렸다. 처음에 그는 이처럼 아무것도 먹을 수 없는 것은 이 방의 상태가 너무 비참하기 때문이라고 생각했으나, 실제로는 몇 번이나 변한 이 방의 상태에 곧 익숙해져 버리는 것이었다. 또한 식구들에게는 달리 둘 곳이 마땅치 않은 물건은 무엇이든지 이 방에다 넣어 두는 습관이 생겨 있었다. 그런데 그러한 물건들이 꽤 많은 편이었다. 왜냐하면 집 안의 방 하나를 하숙인들에게 빌려 주었기 때문이다.

성미가 까다로운 이 신사들은 — 어느 땐가 그레고르가 문틈으로 확인한 바로는 세 사람 모두 얼굴에 수염을 기르고 있었다 — 지나칠 정도로 질서와 청결을 중요시하는 사람들이었다. 그것도 자기들의 방뿐만 아니라, 어찌 되었든 하숙인이라 할지라도 이 집 안사람이 된 이상에는 이 집 전체, 특히 부엌이 청결해야 된다고 참견했다. 소용없는 물건이나 심히 더러워진 잡동사니들에 대해서는 용서가 없었다. 게다가 그들은 자기들의 기구와 다른 물건까지 들고 왔으므로 많은 물건들이 불필요하게 되었다. 모두 팔아 버리려 해도 팔리지 않았고, 버리자니 아까운 물건들이었다. 그런 것들이 전부 그레고르의 방으로 운반되었다. 게다가 재를 치우는 상자며 부엌에서 쓰던 쓰레기통까지도 그레고르의 방으로 옮겨졌다.

무엇이 되었든 당장 필요치 않은 것은 언제나 바쁘게 설쳐 대는 할멈이 모조리 그저 닥치는 대로 그레고르의 방으로 끌고 왔다. 다행스럽게도 그레고르의 눈에는 날라 오는 물건과 그 물건을 들고 있는 손 이외에는 보이지 않았다. 틀림없이 할멈은 언젠가 기회를 보아서 그런 물건들을 다시 가지러 오거나 혹은 전부 모아 두었다가 한꺼번에 내다 버릴 속셈이었겠지만, 사실은 전부가 그대로 처음 던져 두었던 그 자리에서 뒹굴고 있었다. 그레고르는 그 잡동사니 사이를 제대로 돌아다닐 수가 없었다. 자유스럽게 기어 다닐 통로가 없었기 때문에 그는 할 수 없이 그것들을 치워 버렸다. 그러나 그런 일을 하고 난 후에는 죽을 지경으로 피곤하여 공연히 슬픈 생각이 들어 몇 시간 동안은 움직이지를 못하였다. 그러나 잡동사니를 옮기는 일에 점점 흥미를 가지게 되었다.

하숙을 하는 신사들은 때로는 모두가 공동으로 사용하는 거실에서 저녁 식사를 하는 일도 있었다. 그럴 때는 언제나 거실의 문이 닫힌 채로 있었다. 그러나 그레고르는 이것을 별로 고통스럽게 느끼지 않았다. 그는 문이 열려 있는 밤에도 그것을 이용하지 않았으며, 집안사람들의 눈에 띌까 봐 자기 방 제일 어두운 구석에 잠자코 엎드려 있었던 것이다.

그러던 어느 날인가, 할멈이 거실의 문을 약간 열어 놓은 채로 내버려 둔 일이 있었다. 해질녘이 되어 하숙인들이 거실로 들어와서 불을 켰을 때에도 문은 열린 채로 그대로 있었다. 세 사람들은 테이블 윗자리에 앉게 되었다. 예전에 부모님과 그레고르가 앉던 자리였다. 세 사람은 냅킨을 펼치고 나이프와 포크를 손에 들었다. 그러자 어머니가 고기를 담은 큰 접시를 들고 문 앞에 모습을

나타냈다. 곧 이어서 누이동생이 감자를 수북이 담은 대접을 받쳐 들고 모습을 나타냈다. 음식에선 김이 무럭무럭 오르고 진한 냄새를 풍기고 있었다. 하숙인들은 음미하는 듯한 자세로 자기들 눈앞에 놓여진 접시며 대접 위로 몸을 구부렸다. 실제로 세 사람 중 좌장격으로 보이는 중앙에 앉은 사내가 큰 접시에 담긴 고기를 한 조각 썰어 냈다. 충분히 연한지 어떤지, 그러니까 주방으로 돌려보내지 않아도 좋은지 어떤지를 조사하기 위한 것이 분명했다. 그는 만족해했다. 그제야 긴장된 표정으로 그들의 모습을 지켜보고 있던 어머니와 누이동생이 안도의 숨을 내쉬면서 미소를 지었다.

집안 식구들은 주방에서 식사를 했다. 그래도 아버지만은 주방으로 가기 전에 거실에 들러 제모를 손에 들고 머리를 한 번 꾸벅 숙여 보이고는 테이블 주위를 한 바퀴 돌았다. 하숙인들은 모두 일어서서 무슨 말인지 수염 속에서 중얼거렸다. 그러나 자기들만 남게 되자 그들은 거의 완전한 침묵 속에서 식사를 계속했다. 그레고르는 이상한 소리를 들었는데, 그것은 식사 중에 아삭아삭 음식을 씹는 이빨소리였다. 그 소리는 마치 그레고르에게, 음식을 먹는 데는 이라는 것이 필요하며 아무리 훌륭한 입도 이가 없으면 아무것도 아니라는 사실을 가르쳐 주기 위해서 들려오는 것처럼 생각되었다. 그레고르는 걱정스럽게 중얼거렸다. "나도 무엇인가 먹고 싶다. 그러나 저런 음식은 싫다. 내가 저들 식으로 먹어 치우다가는 죽어 버리고 말 거야."

바로 그날 밤의 일이었다. 주방 쪽에서 바이올린소리가 들려왔다 ─ 그레고르는 변신을 한 이후로 바이올린소리를 들어 본 기억이 없었다. 하숙인들은 이미 식사를 끝내고 중앙에 있는 사람이 신문을 꺼내어 다른 두 사람에게 한 장씩 나누어 주고 있었다. 그들은 각자 의자에 기대어 신문을 읽으면서 담배를 피웠다. 그때 바이올린소리가 들리자 세 사람은 놀랍다는 표정으로 의자에서 일어나 발뒤꿈치를 들고 현관 쪽으로 걸어가서는 부엌문 앞에 모여 섰다. 주방에서 그 발소리를 들은 모양으로 아버지가 말했다. "시끄러우십니까? 그렇다면 곧 그만두게 하겠습니다."

　　"천만에요." 하고 좌장격인 사나이가 대답했다. "괜찮으시다면 따님께서 이쪽 방으로 나오셔서 연주하시면 어떨까요? 그 편이 훨씬 좋고 유쾌할 테니까요."

　　"그렇게 합시다." 하고 아버지는 마치 자신이 바이올린을 연주하는 것처럼 대답했다. 하숙인들은 거실로 되돌아가서 기다렸다. 이윽고 아버지는 악보대를, 어머니는 악보를, 누이동생은 바이올린을 들고 거실로 들어왔다. 누이동생은 침착하게 연주 준비를 끝마쳤다. 부모님은 이제까지 하숙인을 들인 일이 없었기 때문에 하숙인에 대한 예의 정도가 지나쳐서 자신들의 의자에도 앉지 못하였다. 아버지는 문에 몸을 기대고 서서 오른손을 단정하게 제복의 단추들 사이에 찔러 넣고 있었다. 그러나 어머니는 하숙인 한 사람이 의자를 권해 자리에 앉았는데, 우연히 그 사람이 의자를 놓

아 준 곳이 방 한쪽의 구석자리였지만 그대로 그 의자에 앉았다.

누이동생은 이윽고 연주하기 시작했다. 아버지와 어머니는 각자의 위치에서 딸의 손놀림을 주의 깊게 지켜보았다. 그레고르는 연주소리에 끌려 자신도 모르는 사이에 다소 앞으로 나아가 이미 고개를 거실 안으로 내밀고 있었다. 그는 최근에 와서 다른 사람의 일에 거의 무관심한 상태에 있었다. 그리고 그런 사실을 의아하게 여기지도 않았다. 그전까지는 다른 사람의 일에 관심을 쏟았었고 또 그것이 그의 자랑이었던 것이다. 그런데 지금이야말로 남의 눈을 꺼려야 할 충분한 이유를 갖고 있지 않는가. 지금 그의 방안은 사방이 먼지투성이였기 때문에 조금만 움직여도 먼지가 확 일어났다. 그래서 그의 몸은 먼지를 흠뻑 뒤집어쓰고 있는 꼴이었다. 그는 등이나 옆구리에 실밥이며 머리털이며 음식 찌꺼기 같은 것을 잔뜩 붙인 채로 기어 다니고 있었다. 외부세계에 대한 그의 무관심 때문에, 예전 같으면 낮에 몇 차례씩 등을 방바닥에 대고 벌렁 누워 양탄자에다 몸을 비벼 대던 일도 하지 않고 있었다. 그런 상태로 그레고르는 종이쪽지 하나 떨어져 있지 않은 거실 마룻바닥 위로 기어 나오면서도 아무런 거리낌을 느끼지 않았다.

물론 아무도 그가 기어 나온 것을 눈치 챈 사람은 없었다. 가족들은 바이올린 연주에 완전히 정신을 빼앗기고 있었다. 그에 반해서 하숙인들은, 처음에는 손을 바지 주머니 속에 찔러 넣고서 악보대 바로 뒤에 자리를 잡고 서 있었는데, 세 사람이 모두 그렇게 하려고 마음만 먹으면 바로 악보를 들여다볼 수 있는 자리였다 ─ 이것은 확실히 누이동생의 연주에 매우 방해가 되었을 것이다. 그러나 그들은 곧 고개를 숙이고 나지막한 소리로 이야기를 하면서 창가로 물러가 아버지가 근심스럽게 쳐다보는 가운데 그 자리에 머물러 있었다.

실제로 누가 보더라도, 그들은 훌륭하고 감미로운 바이올린 연주에 대한 기대에 어긋나서 싫증 난 모습이었다. 단지 실례가 되는 것을 피하기 위해 마지못해 듣고 있는 것이 분명했다. 특히 세 사람이 담배 연기를 코와 입으로 내뿜는 모습은 보는 사람으로 하여금 그들이 몹시 초조해하고 있다는 것을 짐작케 하였다. 그런데 누이동생은 참으로 아름다운 모습으로 연주에 몰두하고 있었다. 얼굴을 한쪽으로 기울이고 눈은 마치 무엇을 의미하는 듯 슬픈 표정으로 악보를 더듬어 내려가고 있었다.

그레고르는 다시 조금 더 앞으로 기어 나갔다. 그리고 마룻바닥에 딱 붙어 버릴 정도로 머리를 낮게 수그렸다. 가능하다면 누이동생의 시선을 붙잡자는 것이었다. 음악에 이토록 매료당하는데도 그가 아직 동물이란 말인가. 그레고르는 자신이 동경하는 미지의 자양분滋養分에 대한 길이 열리는 듯한 기분이었다. 그는 누이동생의 바로 옆에까지 가서, 치맛자락을 입으로 물어 그것으로 누이동생에게 바이올린을 들고 자기 방으로 와 주기를 바란다는 뜻을 암시하리라고 마음먹었다. 실제로 이들 중에는 아무도 누이

동생의 수고를 그레고르만큼 따뜻하게 위로해 줄 사람은 없는 것 같았다:

그렇다. 그렇게만 되면 다시는 누이동생을 그의 방에서 밖으로 내보내지 않으리라. 최소한 그가 살아 있는 동안에는. 무섭게 생긴 그의 모습은 그때 비로소 도움이 되어 줄 것이다. 방심하지 말고 모든 출입구를 동시에 지키자. 침입자에 대해서는 으르렁거리면서 덤벼들리라. 그러나 누이동생을 강제로 방에 붙잡아 두어서는 안 된다. 누이동생의 자유 의사가 아니면 안 된다. 누이동생으로 하여금 소파 위에 그와 나란히 앉도록 하자. 그리고 그녀의 머리를 자기 쪽으로 기울이게 하자. 그리고 누이동생에게 그녀를 음악 학교에 보낼 굳은 결심을 하고 있었다고 말해 주자. 만일 이번 불상사만 생기지 않았더라면 크리스마스 때 — 크리스마스는 이미 지나가 버렸겠지 — 어떤 반대를 무릅쓰고서라도 온 가족에게 이 계획을 공표할 작정이었다고 털어놓으리라. 이렇게 말을 하고 나면 누이동생은 감동한 나머지 울음을 터뜨릴 것이다. 그러면 그는 누이동생의 어깨 위까지 기어올라 가서 그녀의 목에 입을 맞추어 주리라. 직장에 나가게 된 이후로, 누이동생은 리본도 깃도 달지 않고 목을 드러내 놓고 다녔으니까.

"잠자 씨!" 갑자기 좌장격인 사내가 아버지를 향하여 소리쳤다. 그리고 그는 더 이상 아무 말도 하지 못하고 집게손가락으로, 천천히 앞으로 기어 나오고 있는 그레고르를 가리켰다. 그때 바이올린소리가 멈췄다. 그 사내는 처음에는 머리를 흔들면서 다른 친구들에게 살짝 미소를 던지더니 다시 그레고르를 쳐다보았다. 아버지는 그레고르를 쫓아 버리는 것보다는 먼저 하숙인들의 마음을 진정시키는 것이 급선무라 생각하고 있는 것 같았다. 그러나 하숙인들은 조금도 흥분하지 않았다. 그들에게는 바이올린 연주보다도 그레고르 쪽이 더 흥미가 가는 듯하였다. 아버지는 세 사람 쪽으로 급히 다가가서 팔을 크게 벌리고 그들을 그들의 방으로 돌려보내려고 하면서, 한편으로는 자기의 몸으로 그레고르 쪽이 보이지 않도록 가로막았다.

그러자 그들은 약간 화를 냈는데, 아버지의 태도에 화를 냈는지 아니면 그레고르와 같은 존재가 바로 옆방에 살고 있으리라고는 생각지도 못했는데 그것을 지금에서야 알게 되어서 화가 난 것인지는 전혀 알 수가 없었다. 하숙인들은 아버지에게 해명을 요구하고 팔을 쳐들어 조급하게 수염을 꼬면서 천천히 자기들의 방으로 물러갔다. 그사이 누이동생은 연주를 중단하고 잠시 동안 어리둥절해 있다가, 이윽고 정신을 차리고는 축 늘어뜨렸던 양손에 바이올린과 활을 들고 연주를 계속하려는 듯이 악보를 들여다보다가 갑자기 몸을 일으켰다. 그리고 호흡 장애로 급히 가슴을 들먹거리며 여전히 자기 의자에 앉아 있는 어머니의 무릎 위에다 악기를 내려놓고는 옆방으로 달려갔다. 하숙인들은 아버지에게 쫓겨서 조금 전보다도 더 빠르게 자기들의 방으로 돌아가고 있었다.

누이동생은 익숙한 솜씨로 침대에 있던 베개며 이불을 탁탁 털어 잠자리를 깨끗이 정리했다. 그녀는 그들이 방 안으로 들어오기 전에 이미 침대 정돈을 끝내고 살짝 그 방에서 빠져나왔다. 아버지는 또다시 자기 고집에 사로잡힌 모양으로, 평소 하숙인들에게 베풀었던 친절조차 완전히 잊어버리고 오직 세 사람을 밀어붙이고만 있었다.

마침내 문지방 근처에서 좌장격인 사내가 쾅 하고 발을 굴렀기 때문에 아버지는 그 자리에 멈추어 섰다.

"지금 이 자리에서 선언해 두겠는데," 그는 한쪽 손을 쳐들고 눈으로 어머니와 누이동생의 모습을 찾으며 이렇게 말했다. "나는 이 집, 그리고 당신 가족들 사이에 존재하는 불쾌한 사정을 고려하여 ─ 그는 여기에서 순간적으로 결심을 한 듯 마룻바닥에 침을 뱉었다 ─ 방을 해약하겠소. 물론 지금까지의 하숙비는 한 푼도 지불하지 않을 것이오. 그 대신 나는 앞으로, 극히 합당한 이유를 댈 수 있으니, 손해배상 청구를 어떻게 ─ 거짓말이 아니오 ─ 당신들에게 제기할 것인지를 고려해 볼 작정이오." 그는 입을 다물고 마치 무엇인가를 기다리고 있는 것처럼 똑바로 앞쪽을 쳐다보았다. 과연 그의 두 친구들도 즉시 입을 열었다. "우리도 또한 해약하겠소." 그런 다음 좌장격인 사내가 문 손잡이를 쥐고는 쾅 하고 요란스럽게 문을 닫았다.

아버지는 손으로 더듬어서 자기 의자로 비틀거리며 돌아와서는 털썩 주저앉았다. 언뜻 보기에는 평소처럼 앉아서 저녁잠을 자는 모습이었지만, 불안정하게 머리를 끄덕이고 있는 것으로 보아 결코 잠든 것이 아님을 알 수 있었다. 그동안 그레고르는 처음 하숙인들이 자기를 발견한 그 자리에서 조용히 웅크리고 있었다. 자신의 계획이 성공하지 못한 사실에 대한 실망과 또 오랫동안 계속된 굶주림에서 오는 쇠약함으로 인해 움직일 수가 없었다. 그는 당장에라도 그의 몸 위로 여러 가지 물건들이 무자비하게 쏟아져 올 것 같은 두려움을 느끼면서 그 순간을 기다리고 있었다. 그때 떨고 있는 어머니의 손에서 바이올린이 미끄러져 내려 무릎 아래로 떨어지면서 큰 소리를 냈지만, 이 소리도 그를 놀라게 하지는 못했다.

"아버지, 어머니." 누이동생은 이렇게 말의 서두를 끄집어내며 손으로 테이블을 탁 쳤다. "이젠 더 이상 이런 식으로 끌고 나갈 순 없어요. 두 분께서는 모르실는지 몰라도 저는 알 수 있어요. 저는 이 짐승 앞에서 오빠라는 이름을 입에 담고 싶지도 않아요. 그러니까 이렇게 말씀드리는 거예요. 우리는 저것을 없애 버릴 계획을 세우지 않으면 안 돼요. 저것을 보살피고 참아 내기 위해서 인간으로서 할 수 있는 일은 다 했잖아요. 그 누구도, 또 저것은 그런 일로 우리를 비난하진 못할 거예요."

"저 아이 말이 옳아." 하고 아버지가 혼잣말을 했다. 아직도 완전히 숨이 가라앉지 않은 어머니는 마치 정신이 나간 듯한 눈길로 입에 손을 대고 심하게 기침을 하기 시작했다.

누이동생은 어머니에게로 급히 달려가서 이마를 짚어 주었다. 아버지는 딸의 이야기를 듣고 무엇인가 생각이 정리되었다는 태도로 의자에 정좌를 하고, 하숙인들이 식사를 한 후에 아직 식탁 위에 방치되어 있는 접시들 사이에서 제모를 만지작거렸다. 그리고 이따금 꼼짝하지 않고 있는 그레고르 쪽으로 시선을 던졌다.

"저것을 없애 버려야만 해요." 하고 누이동생은 아버지를 향하여 강력하게 말했다. 어머니는 심하게 기침을 하고 있었기 때문에 아무것도 알아듣지 못하였다. "저것은 아버지와 어머니를 돌아가시게 할 거예요, 그렇고 말고요. 이렇게 고생하면서 일을 하지 않으면 안 되는 우리들 처지에, 도대체 어떻게 저런 골칫거리를 집안에 두고 참을 수가 있겠어요? 저는 이제 더 이상 참을 수가 없어요."

이렇게 말하고 누이동생은 울음을 터뜨렸다. 그 눈물이 어머니의 얼굴에 떨어지자 누이동생은 기계적으로 손을 움직여 어머니의 얼굴에서 그 눈물을 닦아 주었다.

"얘야." 하고 아버지는 정답게 그리고 지극히 동정 어린 표정을 지으면서 말했다. "그러면 우리들이 어떻게 해야 좋다는 말이냐?"

누이동생은 어깨를 움츠렸다. 어떻게 해야 좋을 것인지 생각이 나지 않는 모양이었다. 울고 있는 사이에 조금 전의 단호했던 태도가 누그러져, 어떻게 해야 좋을는지 알 수가 없어져 버린 것이다.

"그가 우리들의 마음을 알아주기만 한다면." 하고 아버지가 반쯤 묻는 듯한 어조로 말했다. 누이동생은 울면서 그런 일은 있을 수 없다는 듯이 격렬하게 한쪽 손을 내저었다.

"저것이 우리들의 마음을 조금이라도 알아준다면." 아버지는 종전의 말을 되풀이하고는 그런 일은 있을 수도 없다는 딸자식의 확신을 자기 자신에게 납득시키려는 듯이 두 눈을 감아 버렸다. "그렇게만 된다면 저놈하고 타협하는 것도 전혀 불가능한 일은 아닐 텐데⋯⋯. 그런데 이 꼴이니."

"내쫓아 버리는 거예요." 하고 누이동생이 말했다. "그 외에는 방법이 없어요, 아버지. 저것이 오빠인 그레고르라고 언제까지나 생각하고 계시니까 그러는 거예요. 우리가 지금까지 그런 식으로 믿어 온 것이 사실은 우리들의 불행이었어요. 하지만 도대체 어떻게 저것이 그레고르란 말인가요? 만일 저것이 그레고르였다면, 인간이 자기와 같은 짐승과는 함께 살지 못한다는 것쯤은 벌써 알았을 거예요. 그래서 스스로 나가 버렸을 거예요, 틀림없이. 그렇게만 되었다면 오빠는 없어져도 우리는 어떻게 해서든지 살아남아서 오빠에 대한 추억을 소중히 간직할 수 있었을 텐데. 그런데 저 짐승은 우리를 쫓아다니고, 하숙인들을 내쫓고, 틀림없이 이 집 전체를 점령해서 우리들을 길거리로 몰아낼 거예요. 네, 저것 좀 보세요, 아버지!" 누이동생은 갑자기 소리를 질렀다. "벌써 시작했어요!"

　그레고르에 대한 불가사의한 공포 속에서 누이동생은 어머니가 앉아 있는 의자로부터 떨어져서 멀리 물러났다. 그레고르의 옆에 있느니보다는 어머니를 희생시키는 편이 낫다는 듯한 표정이었다. 그녀는 아버지의 등 뒤로 도망쳤다. 그러자 아버지는 침착성을 잃고 같이 일어서서 딸을 보호하겠다는 듯이 양팔을 반쯤 위로 쳐들었다.

그러나 그레고르는 누군가를, 더군다나 누이동생을 불안하게 만들 생각은 전혀 없었다. 그는 자기 방으로 돌아가기 위해서 몸을 회전하기 시작한 것에 불과했다. 상처 입은 현재의 상태에서 힘든 회전을 하기 위해서는 머리의 힘이 필요했다. 그래서 몇 번이나 고개를 쳐들었다가 마룻바닥을 내려쳤다. 그 이상한 동작이 그들을 의아스럽게 만들기도 하였고 놀라게도 한 것이었다. 그는 동작을 중지하고 주위를 둘러보았다. 그의 선의의 의도가 겨우 인정을 받은 것 같았다. 모두가 그저 순간적으로 놀랐을 뿐이었다. 그것을 알자 가족들은 입을 다물고 슬프게 그레고르를 지켜보았다. 어머니는 의자에 앉아서 두 다리를 모아 앞으로 쭉 뻗고 있었다. 너무나 지쳐서 눈꺼풀이 거의 감겨 있었다. 누이동생은 팔로 아버지의 목을 껴안고 있었다.

'자, 이젠 다시 시작해도 좋겠군.' 하고 그레고르는 생각하며 다시 방향을 돌리는 작업에 착수했다. 괴로운 작업 때문에 숨이 거칠어졌으므로 그것을 억제할 수가 없어 가끔 숨을 돌려야만 했다. 그렇다고 해서 그를 쫓는 사람은 없었다. 만사를 그 자신에게 맡기고 있었다. 회전이 끝나자 그는 곧장 자기 방으로 기어가기 시작했다. 그는 방까지의 거리가 그렇게 먼 것에 놀랐다. 바로 조금 전까지만 해도 도대체 어떻게 이 먼 거리를 전혀 멀다고 느끼지도 않고 이 쇠약한 몸으로 기어 올 수가 있었는지 이해가 가지 않았다. 시종 빨리 기어가야 한다고만 생각하고 있었기 때문에,

그레고르는 가족들이 말 한 마디나 외치는 소리가 전혀 그를 방해하지 않았다는 사실을 거의 깨닫지 못했다.

문지방 앞까지 다다랐을 때에야 비로소 그는 뒤를 돌아보았다. 그러나 완전히 고개를 돌린 것은 아니었다. 그는 목이 굳어져 가고 있다는 것을 느꼈다. 그래도 자신의 뒤쪽에서는 조금 전과 달라진 것이 없다는 것만은 겨우 확인할 수가 있었다. 오직 누이동생만이 일어서 있었다. 그레고르의 최후의 시선은 어머니를 스쳐갔다. 어머니는 이미 완전히 잠들어 있었다.

그레고르가 방 안으로 들어서자마자 급히 문이 닫히고 굳게 빗장이 걸렸으므로 그는 갇혀 버렸다. 뒤에서 갑자기 일어난 이 소란 때문에 그는 크게 놀라서 다리가 휘청거리며 꺾였을 정도였다. 이렇게 성급히 문을 잠근 것은 누이동생이었다. 미리 일어서 있다가 그레고르가 방 안으로 들어가자마자 번개같이 달려왔던 것이다. 그레고르의 귀에는 그 발소리가 전혀 들리지 않았다. "이제 됐어요, 됐어!" 하고 누이동생은 열쇠를 돌리면서 부모님을 향해 소리쳤다.

"자아, 이제는?" 하고 그레고르는 스스로에게 물으며 주위의 어둠을 둘러보았다. 그는 자신이 이제는 전혀 움직일 수 없게 되었다는 것을 알았다. 그러나 그것을 특별히 이상하게 생각하지도 않았다. 오히려 이 가느다란 다리로 여기까지 기어 올 수 있었다는 것이 신기하게 여겨질 정도였다. 그 외의 점에 있어서는 비교

적 기분이 좋았다. 물론 몸 전체가 아프기는 했지만, 그것도 오래
지 않아 가라앉았고 마침내는 완전히 통증이 사라진 것을 느꼈다.
부드러운 먼지에 싸여 있는 등의 썩은 사과며, 그 주위에 염증이
생긴 부위조차도 이미 느낄 수가 없었다. 그는 감동과 애정을 갖
고 집안 식구들의 일을 다시 한 번 생각해 보았다.

자신이 사라지지 않으면 안 된다는 생각은 아마도 누이동생보
다 그 자신이 훨씬 더 강하게 가졌을 것이다. 이처럼 공허하고 편
안한 명상 상태에 있는 그의 귀에 새벽 세 시를 치는 교회의 종소
리가 들려왔다. 또 창밖이 온통 훤하게 밝아 오기 시작했다는 것
도 어렴풋이 알 수 있었다. 문득 그의 머리가 저절로 밑으로 푹 수
그러졌다. 그리고 콧구멍으로부터 마지막 숨이 희미하게 새어 나
왔다.

아침 일찍 일하는 할멈이 왔을 때 — 그런 짓만은 하지 말아 달
라고 지금까지 몇 차례나 좋게 타일렀지만, 문이란 문은 성급히
모조리 때려 부술 듯이 힘껏 여닫았기 때문에 이 할멈이 오면 집
안 식구들은 늦게까지 편히 잠을 잘 수가 없었다 — 그녀는 언제
나처럼 잠깐 그레고르의 방을 들여다보았으나 처음에는 별다른
이상을 발견하지 못했다. 할멈은 그레고르가 감정이 상해서 일부
러 꼼짝도 하지 않고 누워 있다고 생각했다. 할멈은 전부터 그레
고르가 모든 것을 분별할 수 있다고 생각하고 있었던 것이다. 그
녀는 마침 긴 빗자루를 들고 있었기 때문에 문밖에서 그것으로 그

를 간지럽히려고 했다. 그래도 아무런 반응을 보이지 않자, 그녀는 화를 내면서 그레고르의 몸을 슬쩍 밀어 보았다.

그레고르가 아무런 저항도 없이 미는 대로 슬금슬금 밀려 가는 것을 보았을 때 비로소 할멈은 올 것이 왔다는 생각을 했다. 할멈은 곧 일의 진상을 알자, 눈을 둥그렇게 뜨고 자신도 모르게 휘파람을 불었다. 그러나 그 자리에서 머뭇거리지 않고 잠자 부부의 침실 문을 활짝 열어젖뜨리고는 어둠 속을 향하여 고함을 질렀다. "이리 좀 와 보세요, 저것이 뻗었어요. 저쪽에 뻗어서 자빠져 있어요!"

잠자 부부는 침대에서 벌떡 일어나, 할멈이 하는 말의 뜻을 이해할 마음의 준비를 갖추기도 전에 우선 이 할멈에 대한 불쾌한 생각을 극복하지 않으면 안 되었다. 그러나 일단 그 뜻을 알아차리자 잠자 부부는 기겁을 하여 각자 침대의 좌우로 뛰어 내려왔다. 잠자 씨는 담요로 어깨를 감싸고, 잠자 부인은 잠옷 차림으로 침실에서 나와 그레고르의 방으로 들어갔다. 그동안에 거실의 문도 열렸다. 그레테는 하숙인을 둔 이후로 거실에서 잠을 잤다. 그레테는 한잠도 자지 않은 모양으로 단정하게 옷을 입고 있었다. 그녀의 창백한 얼굴이 그것을 입증해 주는 것 같았다.

"죽었어요?" 하고 부인은 말하며, 확인하려는 듯이 할멈을 쳐다보았다. 물론 스스로 확인해 볼 수도 있었고, 확인하지 않더라도 보면 알 수 있는 일이었다. "죽은 것 같습니다"라고 할멈은 말

하면서, 증명이라도 하려는 듯이 멀찍이 서서 빗자루로 그레고르의 시체를 옆으로 밀어 보였다. 부인은 그 손을 제지하려는 행동을 취해 보였으나 실제로 제지하지는 않았다. "자, 이제 하느님께 감사를 드려야겠군." 하고 잠자 씨가 말하며 성호를 그었고, 세 여자들도 그가 하는 대로 따라서 성호를 그었다.

그때까지 눈도 떼지 않고 시체를 지켜보고 있던 그레테가 입을 열었다. "정말, 어쩌면 저렇게 여위었을까. 하기는 꽤 오랫동안 아무것도 먹지를 않았으니. 먹을 것을 넣어 주어도 손도 대지 않은 채 그대로 나오곤 했어요." 사실 그레고르의 몸은 완전히 납작하게 말라 있었고 다리도 더 이상 몸통을 받쳐 주지 못하고 있었다. 사람들의 주의를 끌 만한 것이 모두 없어져 버린 지금에야 비로소 그 사실을 확실하게 알게 된 것이다.

"그레테야, 잠깐 우리를 따라오너라." 슬픈 미소를 띤 채 잠자 부인이 말했다. 그레테는 시체 쪽을 자꾸만 뒤돌아보면서 부모님의 뒤를 따라 침실로 들어갔다. 할멈은 문을 닫고 창문을 활짝 열어젖뜨렸다. 이른 새벽인데도 상쾌한 공기 속에는 무언지 모르게 따뜻한 온기가 감돌고 있었다. 이미 3월도 그믐이 가까웠던 것이다.

세 명의 하숙인들이 방에서 나와 눈을 휘둥그렇게 뜨고 아침 식사를 찾았다. 그러나 모두가 그들을 잊고 있었다. "아침 식사는 어디에 있지요?" 하고 좌장격인 사내가 할멈에게 불쾌한 듯이 물었다. 그러나 할멈은 손가락을 입에 대고 아무 말 없이 빨리 그레고르의 방으로 와 보라는 시늉을 했다. 세 사람은 시키는 대로 그 레고르의 방으로 가서 다소 낡은 저고리 주머니에다 손을 찌르고 는 이제는 완전히 밝아진 방 안에서 그레고르의 시체를 둘러싸고 섰다.

그때 침실의 문이 열리며 제복 차림의 잠자 씨가 한쪽 팔은 부 인에게, 또 한쪽 팔은 딸에게 부축을 받으며 모습을 나타냈다. 세 사람은 모두 운 흔적이 약간 보였다. 그레테는 가끔 아버지의 팔 에 얼굴을 파묻었다.

"당장 이 집에서 나가 주시오!" 잠자 씨는 이렇게 말하고, 여전 히 두 여인의 부축을 받은 채 현관 쪽을 가리켰다.

"무슨 말씀인지요?" 하고 좌장격인 사내가 다소 놀란 듯이 말 하면서 매우 정다운 미소를 지었다. 다른 두 사람은 뒷짐을 지고 계속 손을 비비고 있었다. 마치 자신들에게 유리하게 끝날 대회전 이 시작되는 것을 즐겁게 기다리고 있는 듯한 태도였다.

"내가 방금 말씀드린 바로 그대로요." 잠자 씨는 이렇게 대답하 고, 두 여인을 동반한 채 나란히 하숙인들 앞으로 다가갔다. 좌장 격인 사내는 처음에는 조용히 선 채로, 사태를 새롭게 정리하려는 듯이 방바닥을 내려다보고 있었다.

"그렇다면 나가겠습니다." 이윽고 그는 잠자 씨를 쳐다보며 말 했다. 갑자기 자신에게 엄습해 온 겸손한 기분 속에서, 이 새로운 결의마저도 상대방의 승인을 얻고 싶다는 태도였다.

잠자 씨는 눈을 크게 뜬 채 그저 몇 번 상대방에게 고개를 끄덕여 보였다. 그러자 그는 정말로 곧장 문간방 쪽으로 뚜벅뚜벅 걸어갔고, 다른 두 사람은 손가락 하나 까딱하지 않고 잠시 동안 귀를 기울이고 있다가 곧 그의 뒤를 쫓아 달려갔다. 마치 그렇게 하지 않으면 잠자 씨가 먼저 문간방으로 가서, 그들과 그 사내 사이를 가로막지나 않을까 하고 두려워하는 모습이었다. 문간방에서 세 사람은 똑같이 옷걸이에서 모자를, 단장통에서 지팡이를 뽑아 들고 무뚝뚝하게 인사를 하고는 물러갔다. 전혀 근거가 없는 불신감을 품고 ─ 근거가 없다는 것을 곧 알게 되었다.

잠자 씨는 두 여인을 거느리고 현관의 계단 앞으로 나가서 난간에 기대어, 세 명의 사내가 천천히 규칙적인 발걸음으로 긴 계단을 내려가면서 층층마다 계단 모퉁이에서 한순간 사라졌다가 잠시 후에 다시 모습을 나타내는 것을 바라보고 있었다. 그들이 아래로 내려감에 따라서 그들에 대한 잠자 일가의 관심은 점점 사라져 갔다. 밑에서 그들과 마주쳐 올라오던 푸줏간의 한 심부름꾼 아이가 그들을 지나쳐 머리에 짐을 이고 거드럭거리면서 계단을 올라왔다. 그 무렵에야 겨우 잠자 씨는 두 여인을 데리고 난간을 떠나 무거운 짐을 내려놓은 듯한 홀가분한 기분으로 집 안으로 들어왔다.

잠자 씨 가족은 오늘 하루를 산책이나 휴식을 취하며 보내기로 결심했다. 세 사람에게는 일을 쉬어야 할 충분한 이유가 있었을 뿐 아니라 반드시 휴식을 필요로 했다. 그러한 사정으로 세 사람은 테이블 앞에 앉아서 잠자 씨는 감독 앞으로, 잠자 부인은 주문자 앞으로, 그리고 그레테는 상점 주인 앞으로 각자 결근계를 썼다. 그때, 할멈이 와서 아침 일이 끝났으므로 이제 돌아가야겠다고 말했다. 세 사람은 글을 쓰던 상태로 얼굴도 쳐들지 않고 머리만 약간 끄덕일 뿐이었다. 하지만 할멈이 좀처럼 돌아가려는 기색

이 없는 것을 깨닫고, 그들은 불쾌하게 얼굴을 쳐들었다.

"무슨 할 말이라도?" 하고 잠자 씨가 물었다. 할멈은 엷은 웃음을 띠고 문 앞에 서 있었다. 마치 가족들에게 몹시 반가운 소식을 알려 주고 싶은데, 그들이 캐어묻지 않는다면 그렇게 쉽게는 일러 줄 수가 없다는 태도였다. 할멈의 모자 위에는 거의 수직으로 세워진 작은 타조깃털이 — 이미 오래전부터 잠자 씨에게는 이 깃털이 비위에 거슬렸었다 — 가볍게 사방팔방으로 흔들리고 있었다.

"무슨 일이에요, 도대체?" 하고 잠자 부인이 물었다.

할멈은 가족들 중에서 이 잠자 부인을 가장 존경하고 있었다. "네."라고 그녀는 대답했으나 다정스러운 웃음을 짓느라 곧바로 다음 말이 이어지지 않았다. "옆방에 있는 물건의 처치는 이제 걱정하시지 않아도 됩니다. 완전히 끝냈으니까요."

잠자 부인과 그레테는 쓰다 만 것을 계속 쓰려는 듯이 테이블 위로 다시 몸을 구부렸다. 잠자 씨는 할멈이 모든 전말을 자세하게 설명하려는 것을 눈치 채고, 손을 내밀어 그만두라는 몸짓을 해 보였다. 할멈은 입을 다물지 않을 수 없게 되자, 자신이 몹시 바쁜 몸이라는 것을 상기하고는 노골적으로 기분이 상한 듯이 "그럼, 안녕히들 계세요." 하고 외친 후 휙 돌아서더니 요란스러운 소리를 내며 문을 닫고 나가 버리는 것이었다.

"저녁에 오면 내보내도록 합시다." 하고 잠자 씨가 말했으나, 부인도 딸도 여기에 대해서는 아무런 말도 하지 않았다. 이제 간신히 얻은 마음의 안정을 일하는 할멈 때문에 다시 깨뜨리게 될까 봐 두려운 느낌이 들었던 것이다. 두 여인은 일어나 창가로 가서 서로 껴안고 서 있었다.

잠자 씨는 의자에 앉은 채로 두 사람 쪽으로 몸을 돌려 잠시 두 사람을 조용히 바라보다가 이윽고 이렇게 말했다. "자, 그만 이리로 와요. 지난 일은 잊어버려요. 이제는 내 생각도 좀 해 주어야지." 그녀들은 그의 말대로 방 안으로 돌아와서 잠자 씨를 위로하고는 서둘러 결근계를 마저 썼다.

그런 다음 그들은 함께 집을 나섰다. 수개월 만에 처음 있는 일이었다. 세 사람은 전차를 타고 교외로 나갔다. 전차 안에는 그들 외엔 아무도 없었고 따뜻한 햇빛이 비쳐 들고 있었다. 느긋하게 의자에 등을 기대고 앉아, 세 사람은 앞으로의 일을 이것저것 상의했다. 잘 생각해 보면 그들의 장래도 그렇게 어두운 것만은 아니었다. 왜냐하면 세 사람의 직업은 모두가 괜찮은 편이었고, 이제까지 서로 털어놓고 물어본 일은 없었지만 장래가 매우 밝았기 때문이다.

지금으로써 가장 신속하고 유효한 환경의 개선은 두말 할 것도 없이 집을 옮기는 일이었다. 이제까지 그들 가족은 그레고르가 마련한 집에서 계속 살아왔는데, 세 사람은 현재의 그 집보다는 작고 집세가 싼, 그러나 위치가 좋고 무엇보다도 전체적으로 좀 더 살기 편한 집이 필요했다. 그런 이야기를 나누고 있는 동안에 잠

120

자 부부는 차츰 생기가 돌아오는 딸의 모습을 보고, 딸이 최근 안색이 나빠질 정도로 근심과 고생을 겪었음에도 불구하고 아름답고 탐스러운 한 사람의 여성으로 성장해 있음을 동시에 깨달았다.

잠자 부부는 말없이 시선을 주고받으며 딸아이를 위해서 마땅한 신랑감을 구해 주어야 할 때가 곧 오리라는 것을 생각했다. 전차가 내려야 할 장소에 도착하자 잠자 양이 제일 먼저 일어나 싱싱한 팔다리를 쭉 뻗었다. 잠자 부부의 눈에 그 모습은 그들의 새로운 꿈과 아름다운 계획의 보증처럼 느껴졌다.

유형지에서
In der Strafkolonie
F. Kafka

"이것은 참으로 희귀한 장치입니다." 하고 장교는 탐험가에게 말하면서, 평소 눈에 익었던 장치를 새삼스럽게 경탄의 눈빛으로 들여다보았다. 그러나 탐험길에 있는 이 여행자는 단지, 항명抗命 및 상관모욕죄를 선고받은 한 사병의 형 집행에 꼭 입회해 달라는 사령관의 초청 때문에 의례상 참석하였던 모양이다. 확실히 이러한 처형에 대한 관심이라는 것은 유형지에서는 그리 대단치 않았다. 적어도 이곳, 헐벗은 산허리에 사방이 둘러싸인 사지死地의 작고 깊은 골짜기에는 장교와 탐험가 외에, 단지 우둔한 생김새에 입은 악어같이 넓으며 머리와 얼굴이 꺼칠한 사형수와 사병이 하나 있을 뿐이었다. 사병은 묵직하게 생긴 굵은 쇠사슬을 손에 들고 있었는데, 쇠사슬의 앞 끝은 또다시 몇 갈래의 가느다란 쇠사슬로 갈라져서 그 하나하나에 사형수의 발목이며 손목이며 목이 졸라매여 있었고, 그 가느다란 쇠사슬은 또 서로 옆에 있는 다른 쇠사슬에 연결되어 있었다. 그런데 사형수는 너무나 비굴할 정도로 유순해 보였다. 설령 주위의 산허리를 자유자재로 뛰어

다니게 한다 해도, 처형을 시작한다는 호각을 불기만 하면 틀림없이 돌아올 것 같은 그런 모습이었다.

탐험가는 그러한 장치에는 별로 취미가 없었기 때문에, 노골적으로 문외한의 태도를 나타내며 죄수의 뒤에서 오락가락하였다. 그와 반대로 장교 쪽은 깊이 판 땅속에 설치되어 있는 장치의 밑으로 기어들어 가기도 하고, 혹은 사닥다리로 올라가 장치 위를 여기저기 점검하기도 하면서 마지막 준비를 서둘러 댔다. 그러한 일들은 기계 담당자에게 맡겨 두면 될 일이었다. 그런데 장교는 이 장치에 각별히 애착을 느끼는지, 그렇지 않으면 다른 이유가 있어서인지는 몰라도 하여튼 다른 사람에게는 맡기려 들지 않고 자신이 직접 이 작업을 아주 열심히 하고 있었다.

"자아, 이제 준비가 다 되었습니다." 하고 장교는 외치면서 사닥다리를 내려왔다. 그는 몹시 피곤한지 입을 크게 벌리고 괴로운 듯이 숨을 내쉬고 있었다. 그의 군복 깃 안쪽에는 얇은 부이용 손수건 두 장이 끼워져 있었다.

"그런 군복으로는 너무 무거워서 열대지방에서는 견디기 힘들겠군요." 탐험가는 장교가 얘기했던 것과는 반대로, 장치에 대해서는 묻지도 않고 그렇게 말했다.

"사실 그렇습니다." 하고 장교는 대답하면서, 기름으로 더러워진 두 손을 준비되어 있던 물통의 물에다 씻었다. "하지만 이 군복은 조국의 상징입니다. 우리들은 조국을 잃고 싶지 않으니까요 ─ 자, 이제 이 장치를 보십시오." 장교는 빈틈없이 덧붙여 말하고, 손을 수건으로 닦으면서 동시에 손가락으로 장치 쪽을 가리켰다. "지금까지는 손으로 작업을 해야 했지만, 이제부터는 기계가 혼자서 다 해 줄 것입니다." 탐험가는 고개를 끄덕이고 장교의 뒤를 따랐다. 장교는 어떤 사고가 생기더라도 자기 책임이 아니라는 것을 변명할 구실이라도 찾으려는 듯 다시 말했다. "물론 고장이 날 때도 있습니다. 특별히 오늘은 고장이 나지 않기를 바랍니다만. 어쨌든 고장만은 미리 각오해야 됩니다. 이 장치는 열두 시간씩이나 쉬지 않고 계속 돌아가니까요. 하지만 고장이 생긴다고 해도, 사소한 것에 지나지 않으니 곧 수리가 됩니다."

"앉지 않으시겠습니까?" 마침내 장교는 그렇게 묻고는 산더미처럼 쌓여 있는 등나무 의자 중에서 하나를 빼내어 탐험가에게 권했다. 탐험가는 거절할 수가 없었다. 그래서 그는 커다란 구덩이 가장자리에 앉으면서 힐끗 구덩이 속을 들여다보았다. 구덩이는 별로 깊지 않았다. 구덩이의 한쪽에는 파헤쳐진 흙이 높이 쌓여서 자연적으로 둑을 이루었고, 다른 한쪽에는 문제의 장치가 설치되어 있었다.

"사령관께서 당신에게 이 장치에 대해 이미 설명을 하셨는지도 모르겠군요." 장교가 말을 시작하자 탐험가는 아니라는 듯 애매하게 손을 흔들어 보였다. 장교는 이제야말로 자신의 입으로 장치에 대한 설명을 할 수 있는 좋은 기회라 생각하고는 흐뭇해했다.

"이 장치는……." 하고 말하면서 장교는 연결봉 하나를 잡고 거기에다 몸을 기댔다. "전임 사령관께서 발명하신 것입니다. 저는 이 계획이 수립되자 바로 협력할 것을 말씀드리고, 완성이 될 때까지 시종 제작에 참여할 수 있었습니다. 물론 발명의 공적은 전임 사령관의 것임에는 두말 할 여지가 없습니다. 당신은 전임 사령관에 대해 이야기를 들은 적이 있습니까? 아니, 모르신다고요? 그렇다면 말씀드리겠는데, 이 유형지의 전반적인 조직을 전임 사령관께서 만드셨다고 제가 말씀드린다 해도 결코 지나친 말이 아닐 겁니다. 전임 사령관께서 작고하신 당시부터 이미 우리들, 사령관의 숭배자들은 유형지의 조직이 매우 잘 되어 있기 때문에 후임자가 아무리 많은 새로운 계획을 머릿속에 담고 오더라도 최소한 몇 년 동안은 아무것도 옛날 것을 고칠 수 없다는 사실을 알고 있었습니다. 우리들의 예언은 정확하게 적중했습니다.

신임 사령관께서는 이 사실을 아셔야만 했습니다. 당신이 전임 사령관을 잘 모르신다니 유감스럽군요. 그런데." 장교는 거기서 숨을 돌리면서 말을 계속했다. "정신없이 말을 했습니다만, 바로 눈앞에 있는 저 기계가 전임 사령관께서 발명하신 장치입니다. 보시는 바와 같이 세 부분으로 되어 있습니다. 이들 각 부분에 대해서는, 시간이 흐르는 사이에 어느 틈엔지 속칭이 붙어 버렸습니다. 밑부분은 침대, 윗부분은 녹사기錄寫機라고 부르며 저기 매달려 있는 중앙 부분은 써레라고 합니다."

"써레라고요?" 탐험가가 물었다. 그러나 탐험가는 충분히 주의를 해서 귀를 기울이고 있지 않았다. 태양이 정면으로부터 내리쬐어 그늘 하나 없는 골짜기에는 숨이 막힐 듯한 심한 열기가 감돌고 있었고, 때문에 누구든 자신의 생각을 집중시키기란 어려운 일이었다. 그럴수록 커다란 견장을 달고 몇 줄의 술을 늘어뜨린 거북스러운 군복을 입은 그 장교는 아주 열심히 자신이 하는 일을 설명하고 있을 뿐만 아니라, 이야기를 하는 동안에도 드라이버를 손에 들고 바쁜 듯이 아직도 여기저기 박혀 있는 나사를 죄고 있었다. 장교의 모습은 탐험가에게 있어서 경탄할 만하였다.

그 자리에 있던 사병도 역시 탐험가와 마찬가지로 나른한 기분에 사로잡혀 있었던 모양이다. 죄수를 묶은 쇠사슬을 양쪽 팔목에 감고 있는 그는 한쪽 손을 총 위에다 올려놓고 몸을 의지하고는 머리를 목덜미에서 힘없이 축 늘어뜨린 채, 아무것에도 신경을 쓰지 않고 있었다. 탐험가는 그런 모습을 별로 이상하게 생각하지 않았다. 장교는 프랑스어를 쓰고 있었는데, 프랑스어는 사병도 죄수도 전혀 몰랐기 때문이다. 물론 그렇기는 하지만 죄수 쪽은 그래도 어떻게든 장교의 설명을 들어 보려고 애를 쓰는 모습이 완연했다. 엄습해 오는 졸음에 끝까지 대항하려는 듯이, 죄수는 계속 장교가 가리키는 쪽으로 시선을 돌렸다. 그래서 지금도 탐험가의 질문 때문에 장교의 이야기가 중단되자, 죄수까지도 장교와 똑같이 탐험가 쪽을 돌아보았다.

"그렇습니다. 써레입니다." 하고 장교는 분명하게 대답했다. "써레라는 이름이 꼭 들어맞습니다. 여러 개의 바늘이 써레와 똑같이 늘어서 있을 뿐만 아니라, 이 중앙부분 전체가 완전히 써레와 같은 역할을 하고 있기 때문입니다. 다만 그 역할이 한 가지 일에만 집중되는 점이 다른데, 물론 그것은 써레보다 훨씬 정교합니다. 좌우간 곧 아시게 될 것입니다. 여기 침대 위에 죄수를 엎드리게 합니다 — 저는 먼저 이 장치에 대한 설명을 끝낸 후에, 집행하는 방법을 실제로 보여 드릴 생각입니다. 그러는 편이 훨씬 이해가 잘 되실 것입니다. 그런데 녹사기의 톱니바퀴가 몹시 닳았기 때문에 기계가 움직이기 시작하면 형편없이 삐걱거리는 소리를 냅니다. 그러면 서로의 말소리조차 들을 수 없습니다. 그런데 보충할 부품은 유감스럽게도 이곳에서는 입수하기가 어렵습니다 — 요컨대 이것이 방금 말씀드린 침대입니다. 단지 다져진 솜으로 된 요가 깔려 있을 뿐입니다. 그 용도가 무엇인지는 이제 곧 알게 될 것입니다. 이 요 위에 저 죄수가 엎드리게 되는데, 물론 그때는 벌거벗습니다. 이것은 꼼짝할 수 없게 손을 꼭 묶어 놓기 위한 가죽 띠이고, 여기 이것은 발을 졸라맬 것이고, 또 이것은 목을 졸라맬 띠입니다. 지금 말씀드린 바와 같이 이쪽의 침대 머리맡, 죄수가 얼굴을 파묻고 있을 곳에는 이렇게 조그마한 펠트 뭉치가 있습니다. 이 뭉치는 용이하게 조절할 수 있어서 죄수의 입 속에 바로 집어넣을 수 있습니다. 소리를 지르거나 혀를 깨무는 행위를 방지

하는 것이 그 장치의 목적입니다. 물론 죄수는 펠트를 입으로 물지 않을 수가 없습니다. 그렇게 하지 않으면, 목둘레의 가죽 띠 때문에 목덜미가 부러져 버리는 수가 있으니까요."

"이것이 바로 그 펠트 뭉치입니까?" 탐험가는 확인을 하려는 듯이 몸을 구부리고 얼굴을 쑥 들이밀었다.

"그렇습니다." 장교는 빙긋이 웃으면서 말했다. "자, 좀 만져 보십시오." 장교는 갑자기 탐험가의 손을 잡아당겨 침대 위를 어루만져 보게 했다. "특별히 준비된 솜입니다. 그러니까 외관상으로는 조금도 다를 것이 없습니다. 이 요의 용도에 대해서는 앞으로 말씀드리게 될 것입니다."

탐험가도 이 장치에 대해 다소 흥미를 느끼게 되었다. 그래서 그는 손을 눈 위에다 대고 햇빛을 가리면서 장치의 위쪽까지 훑어보았다. 참으로 거대한 구조였다. 침대와 녹사기는 크기가 거의 같았으며, 마치 두 개의 거무스름한 궤짝처럼 보였다. 녹사기는 거의 2미터쯤 떨어진 침대 바로 위쪽에 설치되어 있었고, 위아래를 연결하는 네 개의 놋쇠 봉에 의해 네 귀퉁이가 서로 고정되어 있었다. 그 네 개의 놋쇠 봉은 주위에 햇빛을 받아 번쩍번쩍 빛나고 있었으며, 두 개의 궤짝 사이에는 써레가 한 가닥의 철사에 매여 늘어져 있었다.

장교 편에서는 조금 전까지도 탐험가의 무관심한 태도에 대해서 전혀 눈치를 채지 못하고 있었는데, 상대방이 이제야 흥미를 느끼게 된 것에 대해서는 금방 눈치를 챈 모양이었다. 그는 탐험가에게 마음껏 조용히 관찰할 시간을 주기 위해 일단 설명을 중지하였다. 죄수도 탐험가의 행동을 흉내내고 있었다. 다만 손을 눈위에 대고 햇빛을 가릴 수가 없었기 때문에, 그는 드러난 눈을 가늘게 뜨고 깜박거리며 올려다보고 있었다.

"그러면 이 사나이가 여기에 엎드리게 되는 거로군요." 탐험가는 그렇게 말하면서 팔걸이의자에 깊숙이 몸을 파묻고 나서는 다리를 포갰다.

"그렇습니다." 하고 말하며 장교는 군모를 약간 뒤로 젖혀 쓰고는 빨갛게 달아오른 얼굴을 손으로 문질러 댔다. "좀 들어 보세요. 침대에나 녹사기에나 각각 전지가 붙어 있습니다. 침대는 그 자체로 전지가 필요합니다만, 녹사기는 써레를 위해서 전지가 필요합니다. 죄수를 꼼짝 못하게 졸라매면 침대는 곧 가동하기 시작합니다. 매우 빠르고 가볍게 좌우상하로 동시에 흔들리게 됩니다. 이것과 비슷한 장치를 병원 같은 곳에서 보신 적이 있으실 것입니다. 오직 다른 점이 있다면, 어떠한 운동도 모두가 정확한 계산 아래에서 이루어지고 있다는 것입니다. 즉, 침대의 운동은 한 치의 착오도 없이 엄밀하게 써레의 운동과 박자에 맞지 않으면 안 됩니다. 이 써레에 실제 형 집행의 임무가 맡겨져 있으니까요."

"도대체 어떤 식의 판결입니까?" 하고 탐험가가 물었다.

"모르고 계셨습니까?" 장교는 놀라서 그렇게 말하고는 입술을 깨물었다. "정말 제 설명이 너무나도 두서가 없었음을 사과드립니다. 제발 널리 이해해 주시기 바랍니다. 물론 예전에는 사령관께서 직접 설명하시기로 되어 있었습니다만, 신임 사령관께서는 그 명예로운 직책을 스스로 포기하셨습니다. 이렇게 고귀한 분이 찾아오셨는데도 말입니다." 그때 탐험가는 상대방이 표하는 경의를 두 손을 저어 막으려고 했지만 장교 쪽에서는 끝까지 그러한 말투로 일관했다.

"이처럼 고귀한 분에 대해서 신임 사령관이 판결의 형식조차 알려 드리지 않았다는 것은 마땅히 시정되어야 할 것입니다. 그리고……" 장교는 욕설이 입밖으로 튀어나오려는 것을 억지로 참고, 다만 다음과 같이 말을 계속했다. "저에게는 그것에 대한 아무런 지시가 없었으니 제 책임은 아닙니다. 그러나 어찌되었든 이곳에서의 판결 형식에 대해서 유감없이 설명할 수 있는 사람은 역시 저밖에는 달리 없을 것입니다. 지금 이렇게……" 장교는 가슴에 달린 주머니를 두드리면서 말을 계속했다. "저는 전임 사령관께서 남기신, 손으로 그린 문제의 도면을 몇 개 갖고 있으니까요."

"사령관이 손수 그린 도면입니까?" 탐험가가 물었다. "그러고 보니 모든 것을 한 몸에 겸비하고 계셨군요. 그는 군인에다 재판관이며, 기사이고, 또한 화학자이며, 도안가이기도 하신 것 아닙니까?"

"물론입니다." 장교는 생각에 잠긴 듯 한곳을 응시한 채 고개를 끄덕이며 말했다. 그리고는 이리저리 자신의 손을 들여다보았다. 그러한 귀중한 설계도에 손을 대기에는 손이 너무 깨끗하지 못하다고 생각한 모양이었다. 그는 물통 쪽으로 가서 다시 한 번 손을 씻었다. 그런 다음 천천히 가죽으로 된 작은 지갑을 꺼내 들고 이렇게 말했다. "우리들의 판결이 결코 엄하다고는 생각하지 않습니다. 죄수의 몸에 그 자신이 범한 죄목을 써레로 새길 뿐입니다. 예를 들어 이 죄수에게는……." 장교는 옆에 서 있는 사나이를 가리키면서 말했다. "이자의 몸에는, 너의 상관을 공경하라는 문구가 새겨질 것입니다."

탐험가는 힐끗 죄수 쪽으로 시선을 돌렸다. 장교가 사내를 가리켰을 때, 그는 머리를 푹 숙이고는 조금이라도 더 들으려고 애써 귀를 기울이고 있는 것 같았다. 그러나 꼭 다문 두터운 입술의 움직임으로 보아, 그는 분명 아무것도 이해하지 못하고 있는 것 같았다. 탐험가는 여러 가지를 묻고 싶은 기분이었으나 죄수가 앞에 있었기 때문에 단지 다음과 같이 물었을 뿐이다. "당사자도 자기의 판결 내용을 알고 있습니까?"

"아닙니다." 하고 대답하며 장교는 곧 조금 전까지의 설명을 계속하려고 했으나 탐험가가 그것을 가로막았다.

"자신의 판결조차도 모르고 있다는 말입니까?"

"그렇습니다." 같은 대답을 반복하고 나서, 장교는 탐험가의 질문에 자세히 설명하려는 듯 잠시 입을 다물고 있다가 이윽고 이렇게 내뱉었다. "알릴 필요도 없을 것입니다. 어쨌든 그것을 직접 체험하게 될 테니까요."

탐험가는 이제 입을 다물고 있어야겠다고 마음먹었다. 그 순간, 자신에게 쏠리는 죄수의 눈길을 느꼈다. 어쩐지 그는 자신을 향해서 지금 장교가 한 말을 시인할 수 있는가를 묻고 싶어하는 듯한 눈빛이었다. 그래서 탐험가는 뒤로 젖히고 있던 몸을 다시 앞으로 곧추세우고는 이렇게 물었다. "하지만 자신이 어떤 선고를 받았다는 것쯤은 알고 있겠지요?"

"그것도 모릅니다." 하고 장교는 대답하면서, 탐험가로부터 계속해서 기묘한 의견이 나오기를 기대하는 듯이 그의 얼굴을 바라보며 미소를 지었다.

"그렇습니까?" 탐험가는 이마를 어루만지면서 말했다. "그렇다면, 지금까지도 죄수는 자신의 변명이 어느 정도 받아들여졌는지도 모르고 있겠군요."

"변명의 기회는 주어지지 않습니다." 장교는 그렇게 말하면서, 이러한 자명한 일을 이야기하면 탐험가에게 부끄러운 생각만 들게 할 것 같아 그만두겠다는 듯이 중얼거리고는 눈길을 돌려 버렸다.

"변명의 기회쯤은 주어져야 하는 것 아닙니까." 탐험가는 그렇게 말하면서 의자에서 일어섰다.

장교는 장치에 대한 설명에 너무 많은 시간이 걸릴지도 모른다는 것을 깨달았다. 그래서 그는 탐험가 쪽으로 다가가 상대의 팔을 매달리듯 붙잡고는 한쪽 손으로 죄수 쪽을 가리켰다. 죄수는 이제야말로 분명히 자신에게 주의가 집중되고 있다는 것을 깨닫고 몸을 똑바로 일으켜 세웠다. 그 때문에 사병도 죄수의 쇠사슬을 힘껏 잡아당겨야 했다.

장교가 말했다. "사실은 이렇게 된 것입니다. 저는 이 유형지에서 판사로 임명되었습니다. 왜냐하면 젊은 나이에도 불구하고 형사 사건이 일어날 때마다 시종 전임 사령관을 도와 왔을 뿐만 아니라, 이 장치에 관해서도 가장 잘 알고 있기 때문입니다. 제가 판결을 내릴 때 원칙으로 삼고 있는 것은, 결국 모든 범죄는 의심할 여지없이 명확하다는 한 가지 사실입니다. 다른 곳의 재판에서는 이런 원칙을 지킬 수가 없습니다. 그것은 재판뿐만 아니라 항소심까지 있기 때문입니다. 이곳에서는 그런 일이 있을 수 없으며, 최소한 전임 사령관 시절까지는 그랬습니다. 그러나 신임 사령관께서는 벌써부터 저의 재판에 간섭하려는 의향을 보이고 계십니다. 지금까지 저는 운 좋게 그것을 저지하는 데 성공해 왔으며, 앞으로도 틀림없이 성공할 것입니다. 당신은 우선 이번 사건에 대해 설명을 원하고 계십니다만, 내용은 종래의 모든 사건과 마찬가지로 아주 간단합니다.

오늘 아침, 한 중대장으로부터 당번으로 배속되어 문 입구에서 자게 되어 있던 사병이 시간이 넘도록 늦잠을 자서 근무를 태만히

했다는 고발이 들어왔습니다. 즉, 한 시간마다 일어나 중대장의 방문 앞에서 경례를 붙이는 것이 이자의 의무였던 것입니다. 그것은 결코 힘든 근무가 아닙니다. 당연한 의무이지요. 언제나 보초를 서고 활발하게 당번 노릇을 해야 하는 것이 이자의 의무이니까요. 그런데 어젯밤에 중대장이, 당번이 자신의 의무를 수행하고 있는지 어떤지를 확인하기 위해서 두 시 정각에 문을 열어 보았더니, 저자가 등을 구부리고 앉아 깊이 잠들어 있더랍니다. 중대장은 승마용 채찍을 들고 나와 저자의 얼굴을 후려갈겼습니다. 그러자 저자는 일어서서 용서를 빌기는커녕 상관의 두 다리를 붙잡고 늘어지면서 '채찍을 버려라, 그렇지 않으면 물어뜯어 버리겠다.' 하고 소리쳤답니다.

이상이 사건의 전모입니다. 한 시간쯤 전에 중대장이 저를 찾아왔습니다. 저는 중대장의 진술을 그대로 기록하고 즉석에서 판결을 내렸습니다. 그러고는 저자를 쇠사슬로 묶도록 명령했습니다. 사건은 아무리 보아도 지극히 간단했습니다. 만일 제가 처음부터 저자를 불러내어 신문을 했더라면, 그야말로 일은 시끄러워졌을 것입니다. 저자는 저자대로 거짓말을 할 것이고, 제가 그 거짓말을 제대로 드러내 밝히면, 또다시 새로운 거짓말을 들고 나올 것이 틀림없었으며, 그 짓이 언제까지나 계속되었을 것입니다. 그러나 이제 이렇게 저자를 붙잡아 놓았으니 더는 그냥 놔두지 않겠습니다. 자, 이제 모든 설명이 되었을까요? 그렇지만 시간이 너무 지체되어 서둘지 않으면 안 됩니다. 지금쯤은 이미 형 집행이 시작되었어야 합니다. 그런데 아직도 저는 장치에 대한 설명을 끝내지 못하고 있잖아요." 장교는 탐험가를 억지로 의자에 앉히고는 다시 장치 쪽으로 가서 이야기를 시작했다. "보시다시피 써레는 인간의 체격에 알맞도록 만들어졌습니다. 이것이 상체 쪽으로 향하는 써레이고 저것이 다리 쪽을 향하는 써레입니다. 머리에는 이 작은 조각도만을 사용하지요. 아시겠습니까?" 장교는 기분 좋게 탐험가 쪽을 돌아보면서 허리를 굽혔다. 이제부터 본격적인 설명으로 들어갈 준비라도 하는 듯한 태도였다.

탐험가는 이마에 주름살을 잡으며 써레를 찬찬히 쳐다보았다. 재판 과정에 관한 보고는 결코 만족스럽지가 못했다. 그렇지만 탐험가는 역시 이곳은 유형지이고, 여기에서는 특별한 조치가 필요하며 어디까지나 군대식 수단에 의존하지 않으면 안 된다는 사실을 마음속으로 인정하지 않을 수 없었다. 그러면서 한편으로는 신임 사령관에게 일루의 희망을 걸고 있었다. 신임 사령관은 장교의 융통성 없는 머리로는 도저히 이해할 수 없는 새로운 방식을 점차적으로 도입할 것이 분명했기 때문이다. 탐험가는 그렇게 생각하면서 질문을 했다. "사령관께서도 이 집행에 입회하십니까?"

"모르겠습니다." 장교는 그런 직접적인 질문에 기분이 상한 듯이 말했다. 그의 유쾌하던 얼굴 표정이 갑자기 어두워졌다. "바로 그래서 우리는 서둘러야 합니다. 따라서 매우 유감스럽게도 저의 설명을 간단하게 마쳐야 되겠습니다. 그러나 가능하다면, 내일이라도 이 장치가 다시 본래대로 깨끗해진다면 — 사실 몹시 더러워져 버리는 것이 이 장치의 유일한 결점이지요 — 좀 더 자세한 설명을 계속하겠습니다. 그러니 지금은 꼭 필요한 사항만을 얘기하겠습니다. 죄수를 침대 위에 엎드리게 하면 침대가 가볍게 흔들리기 시작하고 써레가 몸 쪽으로 내려옵니다. 써레는 자동적으로 작동되어 단지 그 끝만이 신체에 약간 닿게 됩니다. 그렇게 작동이 끝나면 갑자기 이 철사가 팽팽하게 당겨져서 막대처럼 됩니다. 그러면 마침내 써레의 활동이 시작되는 것입니다. 잘 모르는 사람이 슬쩍 보아서는 형태에 차이가 있다는 것을 깨닫지 못합니다. 써레는 똑같은 운동을 계속하고 있는 것처럼 보이니까요. 써레가 가늘게 떨리면서 그 뾰족한 부분을 신체에 박게 되면, 신체도 또한 침대 때문에 흔들리게 됩니다. 써레는 누구든지 형의 집행 과정을 한눈에 검사할 수 있도록 유리로 만들어졌습니다. 유리에다 침을 끼워 넣고 움직이지 않게 하기 위해서는 약간의 기술적인 어려움이 있었습니다만, 여러 가지로 연구를 거듭한 끝에 마침내 성공했습니다. 저희들은 사실 어떤 고생도 감수했습니다. 그렇지만 그 덕택에, 신체에 죄명이 어떻게 새겨지는지 누구나 유리를 통하여 볼 수 있게 된 것입니다. 어떻습니까? 가까이 오셔서 이 침을 보지 않으시겠습니까?'

탐험가는 천천히 몸을 일으켜 그쪽으로 가서 허리를 굽혀 써레를 들여다보았다. 장교의 이야기는 계속됐다. "자, 보세요. 두 종류의 침이 여러 줄로 늘어서 있습니다. 긴 침 옆에는 반드시 짧은 침이 붙어 있습니다. 즉 긴 침이 글자를 새기게 되고, 짧은 침은 물을 뿜어 피를 씻어 내려 글자를 줄곧 선명하게 드러내는 역할을 합니다. 그러면 핏물은 이곳에 있는 작은 통 속으로 떨어져, 마침내 이 큰 통 속으로 흘러들어 갑니다. 큰 통에는 앞쪽에 배수관이 달려 있어서 핏물을 땅속으로 보냅니다." 장교는 손가락으로 핏물이 흘러가는 통로를 일일이 가리키며 성의껏 설명했다. 그러면서 그는 가능한 한 구체적으로 핏물을 설명하기 위해 대수관 끝에다 두 손을 가까이 대고는 실제로 그것을 받는 시늉을 해 보였기 때문에, 탐험가는 얼굴을 들고 손으로 등을 긁적거리면서 의자 쪽으로 돌아가려고 했다.

그러자 놀랍게도 죄수 또한 자신과 똑같이, 장교의 지시에 따라 써레의 장치를 보고 있었다는 것을 알았다. 꾸벅꾸벅 졸던 사병은 쇠사슬에 이끌려 약간 앞으로 나와 있었고, 죄수는 유리 장치 위로 몸을 굽히고 있었다. 그러나 죄수는 의심스러운 눈길을 하고 있었다. 그가 아무리 보아도 상관들이 관찰하고 있던 것이 무엇인가는 그때까지의 설명을 듣지 못한 이상 알 수가 없었던 것이다. 죄수는 앞으로 고꾸라질 것 같은 동작으로 여기저기를 들여다보고 있었다. 그리고 시선을 돌려 유리 장치의 위아래를 한번 훑어보기도 했다. 탐험가는 죄수의 그러한 행동이 다시 처벌을 받게 할 것 같아서 그를 쫓아 보내려고 했다.

그런데 장교가 한쪽 손으로 탐험가를 꼭 붙잡은 채, 다른 손으로 둑에서 흙덩어리를 주워 들고는 그 자리에서 사병을 향해 던졌다. 사병이 깜짝 놀라 눈을 떴다. 그러고는 죄수의 괘씸한 행동을 확인하자 총을 버리고 구두 뒤축으로 땅을 구르면서 죄수를 힘껏 잡아당겼다. 죄수가 갑자기 쓰러졌다. 사병이 다가가 내려다보니 죄수는 몸부림을 치면서 쇠사슬을 철렁거리고 있었다.

"일으켜 세워라!" 하고 장교가 소리를 질렀다. 그는 탐험가의 관심이 죄수에게 지나치게 쏠려 있다는 것을 깨달았던 것이다. 탐험가는 이미 써레 같은 것은 안중에도 없었다. 될 수 있는 대로 그는 써레 뒤로 몸을 굽히면서 죄수의 태도만을 살피고 있었다.

"조심해서 다루어라!" 장교가 거듭 소리쳤다. 장교는 장치 주위를 돌아 달려가서는 직접 죄수의 겨드랑이에 손을 넣고 사병의 도움을 받아 발버

둥질 치고 있는 그를 일으켜 세웠다.

"이제는 웬만큼 알겠습니다." 하고 탐험가는 장교가 돌아왔을 때 말했다.

"아직 가장 중요한 것이 남아 있습니다." 장교는 그렇게 말하면서 갑자기 탐험가의 팔을 잡더니 머리 위를 손가락으로 가리켰다. "저 녹사기 속에 써레의 운동을 결정하는 톱니바퀴 장치가 들어 있습니다. 이 톱니바퀴는 판결 내용이 나타내는 도표에 따라 조절됩니다. 저는 지금까지도 전임 사령관의 도표를 사용하고 있습니다. 이것이 그것이지요." 장교는 가죽 지갑에서 몇 장의 종이쪽지를 꺼내 들었다. "하지만 유감스럽게도 직접 손에 들고 보시게 할 수는 없습니다. 이것은 저의 소유물 중에서 가장 귀중한 것이라서요. 제발 앉으십시오. 이 정도 떨어져서 보여 드리겠습니다. 오히려 그러는 편이 잘 보이실 것입니다." 장교는 우선 그중의 한 장을 보여 주었다. 탐험가는 적당히 한 마디 찬사라도 표하고 싶었지만, 단지 눈에 띈 것은 가지각색으로 서로 교차되는 복잡하고 무수한 선에 지나지 않았다. 그러한 선이 지면을 가득 메우고 있고 군데군데 하얀 공백이 약간 보이는 정도였다. "읽어 보십시오." 하고 장교가 말했다.

"전혀 모르겠는데요." 하고 탐험가는 대답했다.

"일목요연하지 않습니까?" 하고 말하며 장교는 다가섰다.

"매우 교묘하군요." 탐험가는 말하며 몸을 슬쩍 피했다. "그러나 전혀 판독을 못하겠습니다."

"할 수 있습니다." 장교는 웃으면서 지갑을 다시 주머니 속에 집어넣었다. "단지 학교에서 학생들에게 가르치는 아름다운 서체가 아닐 뿐입니다. 독해를 하려면 시간이 걸립니다. 당신이라면 결국 틀림없이 읽어 낼 것입니다. 물론 이 경우 간단한 서체로는 곤란합니다. 즉석에서 죽이는 것이 아니라, 평균 열두 시간이라는 긴 시간이 걸린 후에야 겨우 숨이 끊어지는 서체가 아니면 안 됩니다. 특히 다시 조절하는 전환점은 여섯 시간이 지나야 오도록 계산되어 있습니다. 그리고 실제의 문자 주위에는 아무래도 여러 가지 복잡한 장식이 나타나게 되고, 진짜 문자는 단 한 줄의 띠 모양으로 가늘고 길게 동체를 둘러싸게 되는 것입니다. 그 부분을 제외한 전신에는 무늬가 나타납니다. 이것으로 써레를 비롯해서 이 장치의 모든 작동이 얼마나 근사한지 짐작할 수 있으시겠죠? ……자, 좀 보십시오." 장교는 사닥다리로 올라가서는 톱니바퀴 하나를 회전시키면서 아래를 향해 소리쳤다. "조심하세요. 옆으로 좀 비켜서세요!" 그 순간 모든 장치가 작동을 시작했다. 톱니바퀴의 삐걱거리는 소리만 나지 않았더라면 참으로 장관이었을는지도 모른다.

장교는 이 톱니바퀴에서 나는 요란한 소리가 아무래도 의외라는 듯한 표정으로 위협을 하듯 톱니바퀴에다 주먹을 휘두르고, 변명을 하면서 탐험가 쪽으로 돌아서서 양팔을 벌려 보였다. 그리고 장치가 돌아가는 모습을 밑에서 관찰하기 위해 급히 사다다리에서 뛰어내렸다. 어딘가 아직 순조롭지 못한 부분이 있는 모양인데, 그것을 깨달은 것은 장교뿐이었다. 장교는 다시 사다다리로 기어올라 가서 두 손을 녹사기의 내부에다 집어넣었다. 그리고 조금이라도 빨리 내려오기 위해 사다다리를 이용하지 않고 놋쇠 봉을 타고 내려와서는 몹시 긴장된 목소리로 탐험가의 귀에 대고 소리를 질렀다. 그것은 소음 속에서 그가 알아듣도록 하기 위함이었다.

"진행 과정이 이해가 되십니까? 써레가 이미 글씨를 쓰기 시작했습니다. 써레가 죄수의 등에 첫 번째 글자를 다 새기고 나면 요가 흔들리면서 다시 새로운 빈 자리를 써레에게 제공키 위해 죄수의 몸을 옆으로 찬찬히 돌려 주게 됩니다. 그러는 동안에 글자가 새겨진 부분은 요 위에 직접 닿게 됩니다. 그러면 요는 특별히 주문한 솜으로 만들어졌기 때문에 곧 그 상처의 출혈을 멈추게 하고, 또 새로운 글자를 새기기 위한 대비를 해 줍니다. 이쪽의 써레 가장자리에 있는 톱니 모양으로 생긴 장치는 신체를 다시 원상으로 돌릴 때에 상처에 붙은 솜을 떼어 내서 구멍 속에다 던지는 역할을 합니다. 그러면 써레는 다시 조금 전과 같은 동작을 반복하게 됩니다. 이렇게 해서 써레는 열두 시간 동안 점점 깊이 글자를 새기게 됩니다. 처음 여섯 시간 동안은 죄수도 이전과 거의 다름 없이 원기가 있으며, 단지 고통을 느낄 뿐입니다. 집행이 시작된 후 두 시간이 지나면 펠트가 떨어져 나가는데, 그것은 이미 죄수에게 소리칠 기운조차 없다는 증거입니다. 그 무렵이면 이쪽 베갯머리에 있는 전기로 가열된 작은 그릇 속에 따뜻한 미음이 담겨집니다. 죄수는 마음만 내킨다면 혀로 핥아서 얼마든지 먹을 수 있습니다. 지금까지 이 기회를 놓친 죄수는 한 사람도 없었습니다. 식욕을 잃게 되는 것은 여섯 시간쯤이 흐른 뒤입니다. 그러면 저는 대개 이 근처에서 무릎을 꿇고 그런 상태를 관찰합니다. 죄수는 이미 입속에 든 마지막 음식물을 거의 삼키지 못하고, 음식물을 입속에서만 굴리고 있다가 그대로 구멍 속에다 뱉어 버립니다. 물론 그럴 때마다 저는 얼굴에 음식물이 튀지 않도록 머리를 숙이고 몸을 피해야 합니다.

그렇지만 막상 여섯 시간이 지나고 나면 죄수는 참으로 온순해집니다. 제아무리 우둔한 자라도 지성이 보이기 시작합니다. 우선 눈가에 그것이 분명히 나타납니다. 그리고 그것은 전신에 널리 퍼져 갑니다. 이를 보면 누구나 다 써레 밑에 한번 누워 보고 싶다는 유혹을 느끼게 됩니다. 여기서부터는 별다른 일은 없고 단지 죄수가 문자의 판독을 시작하게 됩니다. 죄수는 열심히 귀기울이고 있는 듯이 입을 뾰족하게 내밀고 있습니다. 그러나 당신도 보신 바와 같이, 문자를 판독하기는 눈으로도 쉬운 일이 아닙니다. 그런데 당사자인 죄수는 피부의 상처를 통하여 문자를 판독하는 것입니다. 물론 그것은 대단히 힘든 작업입니다. 그래서 그 일을 마치는 데 앞으로 여섯 시간은 걸릴 것입니다. 그리고 그것이 끝나면 써레는 죄수의 몸을 쿡 찔러서는 구덩이 속에다 내던집니다. 죄수는 핏물이며 솜이 가득 쌓여 있는 그 위로 떨어지며 철썩 하는 소리를 냅니다. 이것으로 재판이 끝난 것입니다. 저는 사병과 함께 땅을 파고 시체를 묻어 줍니다.”

그때까지 장교의 말에 귀를 기울이고 있던 탐험가는 두 손을 각각 웃옷 주머니 속에 찌른 채로 돌고 있는 기계 장치를 바라보았다. 죄수도 역시 바라보고 있었으나 잘 모르겠다는 표정이었다. 죄수는 약간 몸을 앞으로 굽히고는 전후좌우로 움직이고 있는 침의 방향을 눈으로 좇고 있었다. 그때 갑자기 장교의 신호를 받은 사병이 죄수의 등 뒤에서 칼을 들고 그의 셔츠와 바지를 두 갈래로 확 찢었다. 그 때문에 셔츠도 바지도 죄수의 몸에서 주르르 흘러내렸다. 그러자 죄수는 당황하여 알몸을 가리기 위해 흘러내리는 옷을 손을 뻗어 잡으려고 했다. 그러나 사병이 죄수를 똑바로 세워 놓고는 몸에 달라붙어 있는 누더기자락까지도 남김없이 벗겨 버렸다. 그때 장교가 돌고 있던 기계를 멈추게 했다.

갑자기 찾아온 정적 속에서 죄수는 써레 밑에 엎드리게 되었다. 쇠사슬이 풀리고 그 대신에 혁대가 그를 졸라맸다. 죄수는 처음에는 순간적으로 형이 가벼워진 것이라고 생각했던 모양이다. 한쪽에서는 써레가 다시 더 밑으로 내려지고 있었다. 죄수가 무척 야위었기 때문이다. 그때 써레의 침 끝이 죄수의 몸에 닿았다. 갑

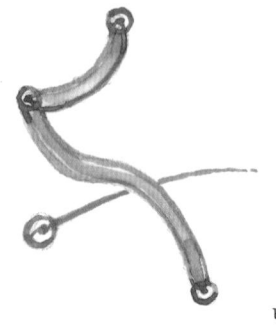

자기 죄수의 살갗 위로 표현할 수 없는 전율이 스쳐 지나갔다. 죄수는 오른쪽 손을 사병이 하는 대로 내맡기고 있었으므로 왼쪽 손을 그저 자신도 모르게 앞으로 쑥 내밀었다. 그런데 그 방향에는 탐험가가 서 있었다. 장교는 옆에서 줄곧 탐험가를 힐끔힐끔 훔쳐보고 있었다. 대강이나마 일단 설명은 끝났으니, 장교는 이제부터 시작되는 사형 집행이 과연 그에게 어떤 감명을 줄 것인지, 그것을 그의 얼굴 표정에서 읽으려고 했는지도 모른다.

손목을 졸라매는 혁대가 끊어져 버렸다. 아마도 사병이 지나치게 힘을 주어 잡아당긴 모양이다. 사병은 장교가 방책을 강구해 주기를 바라면서 그를 향해 끊어진 혁대 조각을 흔들어 보였다. 과연, 장교는 장치를 돌아 저쪽에 있는 사병에게로 가면서 얼굴을 탐험가 쪽으로 돌리고는 이렇게 말했다.

"기계는 매우 복잡하게 되어 있습니다. 그래서 이따금 무엇인가가 끊어지거나 부러지는 것은 부득이한 일입니다. 그러나 그 때문에 판결 전체에 지장이 생겨서는 안 됩니다. 더욱이 혁대 정도는 당장에 보충할 수가 있습니다. 저 쇠사슬을 쓰면 되니까요. 물론 그 때문에 오른쪽 진동의 미묘한 현상은 다소 영향을 받을 것입니다만."

장교는 쇠사슬을 감고 있는 동안에도 말을 계속했다. "기계를 유지하기 위한 방법에도 지금에 와서는 제약이 많습니다. 전임 사령관 생존시에는, 오직 기계 유지의 목적을 위해서만 제가 자유로이 쓸 수 있는 경비가 별도로 마련되어 있었고, 또 이곳에는 보충품 일체를 넣어 두는 보관 창고까지 있었습니다. 솔직하게 말씀드려서 저는 그것을 다소 낭비했는지도 모릅니다. 물론 옛날 이야기이지요. 지금은 그렇지 못합니다. 무엇이든지 낡은 제도를 타파하기 위한 구실로 삼는 신임 사령관의 고집 때문이지요. 현재 기계 쪽의 경비는 신임 사령관께서 직접 관리하고 있습니다. 새로운 혁대를 보충받기 위해서 급사를 보내면 끊어진 부분을 증거물로 제시하라고 명령을 내립니다. 그런데다 신품은 열흘쯤은 지나야 겨우 도착하는 실정인데, 그때 도착되는 물건이라는 것은 품질이 나빠서 오래 사용할 수도 없습니다. 그동안 혁대도 없이 어떻게 기계를 돌리라는 것인지 알 수가 없습니다. 아무도 그것에 주의를 기울이지 않습니다."

탐험가는 깊은 생각에 잠겨 있었다. 어찌 되었든, 남의 나라 사정에 결정적인 간섭을 한다는 것은 일단 생각해 볼 일이었다. 탐험가는 유형지의 거주민도 아니었고, 이 유형지가 속하는 국가의 국민도 아니었다. 그렇기 때문에 그가 이런 사형 집행에 대해서 반대하거나 혹은 끝까지 집행을 저지시키려고 든다면, 그들은 너는 외국인이니까 잠자코 물러가 있으라고 할 것이다. 거기에 대하여 그는 단 한 마디도 반박할 수 없을 것이다.

그는 이런 사건을 접할 때마다 전혀 갈피를 잡을 수가 없었다. 본래 견문을 넓힐 목적으로 여행을 하고 있을 뿐이지, 남의 나라의 재판 제도에 대해 개혁 운운하는 그런 당치도 않은 의도는 전혀 없었다. 그러나 물론 그렇게는 생각하지만 이곳의 여러 가지 사정은 역시 호기심을 끌 만한 것임에는 틀림없었다. 재판 과정의 불법성과 사형 집행의 비인간성은 의심할 여지가 없었다. 그것을 단순히 탐험가의 사견이라고 해석한다는 것은 부당한 일이었다. 이 죄수로 말하자면 그에게는 전혀 낯선 남이고 동족도 아니거니와 또 전혀 동정심이 가는 인물도 아니었다. 탐험가는 여러 교관들의 초청장을 가지고 있으며, 이곳에 와서 매우 은근한 영접도 받았다.

그런데 그가 이렇게 사형 집행의 현장에 안내되었다는 것이 이 재판에 대한 자신의 비판을 요구하고 있는 것인지도 모른다는 생각이 들기도 했다. 이러한 추측은 방금 탐험가가 아주 분명하게 들은 것처럼, 신임 사령관이 이러한 재판 과정의 찬성자가 결코 아닐 뿐만 아니라, 장교에 대해서도 적의를 품고 있다는 사실로 보아서 더욱 일리가 있는 것이었다.

그때였다. 탐험가는 장교의 고함소리를 들었다. 장교가 간신히 죄수의 입속에 펠트 뭉치를 밀어 넣는 순간, 죄수가 구역질을 참지 못하고 눈을 감더니 토하기 시작했던 것이다. 장교는 급히 죄수를 펠트 뭉치에서 떼어 일으켜 세우면서 그의 머리를 구멍 쪽으로 돌리려고 했다. 그러나 때는 이미 늦어서 지저분한 오물이 벌써 기계를 따라 흘러내리고 있었다. "모든 것이 사령관 탓이야!" 하고 장교는 외치면서 제정신을 잃은 듯 앞에 있는 놋쇠 봉을 흔들었다.

"기계를 돼지우리처럼 더럽히다니." 장교는 손을 부들부들 떨면서 탐험가를 향해 눈앞에 벌어진 실태를 보라는 듯이 가리켰다. "집행 전날에는 절대로 먹을 것을 주어서는 안 된다는 사실을 제가 몇 시간 동안이나 사령관에게 납득시켜 놓았는데도 이 모양입니다. 이번 신임 사령관의 온화한 방침은 저와는 전혀 다른 의견입니다. 특히 사령관 댁의 숙녀들은 이 친구를 끌고 온다는 말을 듣자, 이 친구의 목구멍이 단 것으로 가득 차서 막힐 때까지 잔뜩 먹이고 또 먹였습니다. 평생을 썩은 생선이나 먹고 살아온 저런 친구가 이제 새삼스럽게 사탕이나 케이크 같은 것을 먹어야 되겠습니까! 그런데 그것까지는 좋아요. 저도 특별히 반대는 하지 않습니다. 그러나 말입니다. 저는 벌써 석 달 전부터 계속 청구를 하고 있는데도 새 펠트가 지급되지 않으니 어쩌라는 것인지 모르겠어요. 백 명도 넘는 사나이들이 죽으면서 물고 빨고 하던 이 펠트를 입속에 넣고도 구역질이 나지 않을 인간이 어디 있겠습니까?"

죄수는 머리를 숙이고 있었는데 아주 평온해 보였으며, 사병은 죄수의 셔츠로 기계를 열심히 닦아 내고 있었다. 장교가 탐험가 쪽으로 다가섰다. 탐험가는 어쩐지 불안한 생각이 들어 한 걸음 뒤로 물러섰으나, 장교는 구애받지 않고 탐험가의 손을 붙잡아 그를 한옆으로 이끌어 갔다. "당신을 믿고 몇 가지 상의를 하고 싶은데 괜찮으시겠습니까?"

"물론 괜찮습니다." 탐험가는 그렇게 대답하고는 눈을 아래로 내리깔고 그의 말에 귀를 기울였다.

"이러한 재판 과정과 처형 방법을 보시고, 당신도 찬탄하고 계시겠지만, 오늘날 이 유형지에서는 드러내 놓고 그것을 지지하는 사람이 없어졌습니다. 저는 그 유일한 지지자이며 전임 사령관의 유산을 보존하는 유일한 대표자입니다. 이런 상황이니, 이 방법을 앞으로 계속 확대해 나간다는 것은 생각할 수도 없는 일입니다. 단지 저는 현존 상태를 유지하기 위하여 전력을 기울이고 있을 뿐입니다. 전임 사령관 생존시에는, 유형지가 그의 지지자들로 가득 찼었습니다. 전임 사령관께서 지니고 계셨던 설득력을 저도 다소 지니고 있다고 생각합니다만, 저에게는 그 권력이 전혀 없습니다. 그 때문에 지지자들은 비겁하게도 모두 숨어 버렸습니다. 물론 아직도 지지자는 많이 남아 있지만, 누구 하나 그것을 공공연하게 드러내는 사람이 없습니다. 만일 당신이 오늘 같은 처형 일에 말입니다, 다방에라두 가셔서 여기저기의 평판을 들어 보십시오. 아마도 애매한 의견 외에는 듣지 못하실 것입니다. 그래도 그들은 모두 지지자들입니다. 하지만 그런 지지자들은 현재와 같은 사령관 밑에서는, 더욱이 그 사령관이 갖고 있는 현재와 같은 견해 아래에서는 아무 소용도 되지 않습니다.

그래서 당신에게 여쭙는 것입니다만, 신임 사령관이나 그를 쥐고 흔드는 그 여자들 때문에 이와 같은 일생의 역작이(장교는 기계를 가리키며 말했다) 없어져야 하겠습니까? 태연하게 보고만 있을 수 있을까요? 설령 당신이 외국인이라 할지라도 이 섬에 며칠이나마 체류하셨다면 한시라도 지체할 수가 없는 일인 것입니다. 지금도 저의 재판권을 저지시키기 위한 공작이 진행되고 있으니까요. 이미 사령부 안에서는 저를 제외시킨 회의가 여러 차례 열리고 있습니다. 당신의 이러한 견학은 이와 같은 모든 정세에 비추어 볼 때 각별한 의미가 있다고 저는 생각합니다. 그들에게는 굳은 의지가 없기 때문에 우선 외국인인 당신을 앞세운 것입니다 ― 사실 이 사형 집행도 예전에는 절대 이렇지가 않았습니다. 벌써 처형 전날부터 이 골짜기 전체가 인산인해를 이루었습니다. 모두가 일부러 구경을 하기 위하여 찾아왔던 것이지요. 사령관께서는 새벽부터 숙녀들을 동반하여 나타났고, 팡파르가 온 야영지의 잠을 일제히 깨웠습니다. 그러면 제가 모든 준비가 완료되었음을 보고합니다.

내빈들은 — 고관들 중에 참석치 않은 사람은 단 한 명도 없었습니다 — 기계 주위에 늘어섭니다. 산더미처럼 쌓여 있는 저 등나무 의자들이 그 당시의 비참한 유물이지요. 기계는 깨끗이 닦여져서 번쩍번쩍 빛나고, 저는 집행이 있을 때면 대개는 부속품을 새것으로 바꿔 사용했습니다. 수백 명의 사람들 앞에서 — 관중은 저쪽 언덕까지 가득 메운 채 모두들 발돋움을 하고 있었습니다 — 죄수는 사령관에게 이끌려 써레 밑에 엎드립니다. 지금은 저 하찮은 일개 사병이 하고 있는 일이 그 당시에는 재판관이나 저 자신의 일이었으며 명예이기도 했습니다. 그리고 마침내 집행이 시작됩니다.

기계의 운전을 방해하는 소란은 전혀 일어나지 않았습니다. 관중 가운데에는 아예 구경은 집어치우고, 눈을 감은 채 모래 위에 누워 있는 사람도 많이 있었습니다. 그러나 지금이야말로 정의의 집행이 행해지고 있다는 것만은 누구나 다 알고 있었습니다. 아주 조용한 가운데에서 죄수의 신음소리만이 펠트 뭉치에 막혀 희미하게 들릴 뿐이었습니다. 지금은 펠트로 막아도 새어 나오는 심한 신음소리를 이 기계로도 이미 어떻게 할 수가 없습니다. 그런데 당시에는 문자를 새기는 침 끝에서 일종의 부식액이 계속 떨어지고 있었답니다. 그 부식액도 현재는 사용이 금지되어 있습니다만 어쨌든 그러는 동안에 여섯 시간이 흐릅니다.

가까이 다가와서 자세히 구경하고 싶어하는 모든 사람의 소원을 전부 들어줄 수는 없는 노릇이지요. 사령관은 독자적인 판단을 내려 우선 어린아이들부터 구경시켜 주라고 명령합니다. 그러면 저는 두 명의 작은 아이들을 오른쪽과 왼쪽 팔에 안고 몇 번씩이나 기계 옆에 웅크리고 앉는 것입니다. 물론 저는 직무상 계속 기계 옆에 서 있어야 합니다만. 아아, 그 고통받고 있는 얼굴에서 신성한 변용의 표정을 보았을 때의 우리의 기쁨, 그리고 마침내 달성되었다고 생각한 순간, 재빨리 사라져 버리는 엄숙한 정의의 빛, 그 빛을 받으면서 일제히 상기되던 사람들의 뺨! 얼마나 멋있던 시절이었는가. 그렇지, 여보게나!"

　장교는 누가 자기 앞에 서 있는지조차 확실히 모르고 있었다. 장교는 탐험가를 포옹하고 머리를 그의 어깨 위에다 올려놓았다. 탐험가는 몹시 당황하여 장교의 어깨 너머로 초조한 시선을 던졌다. 사병은 이미 청소 작업을 끝마치고, 방금 죽 통에서 미음을 그릇으로 옮기고 있는 중이었다. 죄수는 이미 완전히 회복이 된 모양으로, 옮겨 놓은 죽을

보자 혓바닥으로 핥아먹기 시작했다. 그래서 사병은 몇 번이고 죄수를 밀어내야만 했다. 사실 그 죽은 좀 더 나중에 주기로 되어 있었기 때문이다. 그렇지만 사병이 자신의 더러운 두 손을 죽 통에 집어넣고는, 침을 흘리고 있는 죄수의 눈앞에서 선 채로 죽을 먹고 있는 것은 어찌 되었든 잔인한 행동이었다.

장교는 곧 침착성을 되찾고 이렇게 말했다. "당신의 마음을 혼란시킬 생각은 조금도 없었습니다. 그 당시의 사정을 지금에 와서 이해해 주기를 바란다는 것이 불가능하다는 것쯤은 저도 잘 알고 있습니다. 어쨌든 기계는 지금도 작동되고 있으며 자동으로 움직여 줍니다. 이 골짜기에 기계만이 덩그렇게 남아 있는데도 혼자서 자동적으로 움직이는 것입니다. 그리고 결국 시체는, 당시처럼 수많은 파리떼들이 구멍 주위에 몰려 있지 않다 하더라도, 여전히 신기할 정도로 매끄럽게 허공을 가르며 구멍 속으로 떨어집니다. 그 당시에는 그 구멍 주위에 튼튼한 방책을 치지 않으면 안 되었는데, 그것은 이미 오래전에 제거되어 버렸지요."

탐험가는 장교에게서 시선을 돌리기 위해 목적도 없이 주위를 휘둘러 보았다. 그러자 장교는 상대방이 골짜기의 황폐해진 광경을 바라보고 있는 것이라고 생각했다. 그래서 장교는 상대방의 시선을 붙잡기 위해 탐험가의 두 손을 잡고 그의 몸을 자기 쪽으로 돌려 세우면서 물었다. "아시겠습니까, 이 치욕을?"

그러나 탐험가는 입을 꼭 다물고 있었다. 장교는 잠시 동안 떨어져 선 채 그를 내버려 둘 수밖에 없었다. 장교는 두 다리를 죄우로 벌리고 양손을 허리에 턱 얹고는 말없이 땅 위에다 시선을 떨어뜨리고 있었다. 이윽고 장교는 탐험가를 향하여 활기 있게 미소를 지으며 이렇게 말했다.

"어제 사령관이 당신을 초대했을 때 저도 당신 곁에 있었습니다. 저는 그 초청의 말을 들었을 때, 사령관의 인품을 잘 알고 있었으므로 그가 무엇을 획책하고 있는지 곧 알 수 있었습니다. 저 하나쯤 처리해도 문제가 전혀 되지 않을 만큼 대단한 권력을 지니고 있는데도 사령관은 아직 그것을 단행하지 못하고 있습니다. 그러니 사령관은 우선 저를 당신과 같은 명망 있는 외국인의 비판에 맡기자는 속셈입니다. 사령관의 계산은 지극히 치밀합니다. 당신은 이 섬에 오신 지 겨우 이틀째이니, 전임 사령관이나 그분의 사고 범위를 모르실 것이며, 또한 당신은 유럽적인 견해에 사로잡혀 있어 아마도 이 세상의 사형이라는 것과 특히 저런 기계에 의한 처형 방법에 대해서는 원칙적인 반대론자 중의 한 사람일 것입니다. 더군다나 그 처형이 이젠 대중의 관심마저도 끌지 못하고, 매우 초라한 모습으로 이미 고장이 나기 시작한 기계 위에서 행해지고 있다는 사실까지 방금 목격하셨으니, 이러한 모든 점을 종합해 보건대 ─ 사령관도 그렇게 생각하고 있습니다만 ─ 당신이 저의 처사를 옳다고 생각하지 않을 것은 명약관화하지 않겠습니까?

그런데 당신은 마음속으로 옳지 않다고 생각하고 있는 일을 그대로 — 저는 지금까지 줄곧 사령관의 입장에서 이야기하고 있습니다만 — 입밖에 내지 않고 잠자코 계실 분은 절대로 아니지 않습니까? 왜냐하면 당신은 누구보다 많은 시련을 겪은 당신의 신념에 대하여 반드시 깊은 확신을 갖고 계실 것이 틀림없을 테니까요. 물론 당신은 여러 민족의 갖가지 특색을 보아 왔고 그것을 존중할 줄도 압니다. 그렇기 때문에 저의 이러한 처사에 대해서도, 당신은 다분히 본국에서 하신 경우와 같이 권력의 힘으로 반대를 표명하지는 않을는지도 모르겠습니다. 그리고 사령관 쪽에서도 절대로 그런 것을 요구하는 것은 아닙니다. 슬쩍 흘린 무의식적인 간단한 말 한 마디만으로도 충분합니다. 그 말이 당신의 신념과 일치하는 것이든 아니든 그런 것은 문제가 되지 않습니다. 다만 표면상으로 사령관이 바라는 바와 일치하기만 하면 되는 것입니다. 틀림없이 사령관은 모든 술책을 다 부려서 당신에게 캐물을 것입니다. 그리고 숙녀들은 빙 둘러앉아서 귀를 기울이겠지요.

거기에서 당신은 이렇게 말할 것입니다. '우리나라에서는 재판 수속이 전혀 다르다.' 라든가, '우리나라에서는 판결 전에 피고에 대한 신문을 한다.' 라든가, '우리나라에서는 사형 이외에도 여러 가지 형벌이 있다.' 혹은 '우리나라에서는 중세 이후로 고문이 없어졌다.' 하고 말입니다. 그런 것들은 모두가 옳은 말이며 당신으로서도 자명한 일로만 생각되실 것입니다. 물론 저의 일에도 아무런 지장이 없고 전혀 해가 되지 않는 의견입니다. 그런데 사령관

158

은 그것을 어떻게 받아들일까요? 사령관이 그 자리에서 의자를 옆으로 점잖게 밀쳐놓고 발코니 쪽으로 뛰어나가는 모습이 저의 눈에 선합니다. 그 사령관의 뒤를 쫓아 숙녀들이 우르르 몰려갑니다. 그러자 사령관의 목소리가 들려옵니다 ─ 그 목소리를 숙녀들은 우레 같은 소리라고 합니다만. 그때 그는 단숨에 이런 말을 늘어놓을 것입니다. '유럽의 위대한 학자로서 각국의 재판 제도를 조사하도록 명령받은 그분께서는 낡은 관례에 의해 이루어지는 이곳의 처사는 완전히 비인도적이라고 방금 말씀하셨다. 그런 명사로부터 이러한 비판을 받은 이상 본관으로서도 더 이상 본 처사를 그대로 허용할 수는 없다. 따라서 오늘 본관은 이 자리에서 명령한다.' 라는 등등.

당신은 물론 사령관이 말한 바와 같이 전혀 이야기를 한 적이 없으며, 저의 이 처사를 비인도적이라고 말씀하신 적도 없습니다. 그뿐만 아니라 오히려 평소의 깊은 견식을 바탕으로 이 처사를 더없이 인도적이고 또한 인간적인 것이라고까지 생각하시겠지요. 게다가 이 기계 장치에 대해서는 경탄을 금할 수 없다고 말하면서 사령관에게 항의하려고 하실 겁니다 ─ 그러나 이미 때는 늦었습니다. 발코니는 이미 숙녀들로 가득 차 있어 당신은 발코니로 나갈 수가 없습니다. 당신은 어떻게 해서든지 사람들의 눈을 끌려고 하시겠지요. 당신이 큰 소리로 고함을 치려 해도 숙녀들의 손이 당신의 입을 막아 버릴 것입니다 ─ 이렇게 해서 저와 전임 사령관의 역작인 이 장치는 마침내 파멸에 이르고 말 것입니다."

탐험가는 빙그레 웃지 않을 수 없었다. 결국 매우 어렵게 생각하고 있었던 문제가 의외로 아주 간단한 것이었기 때문이다. 탐험가는 빠져나갈 태세로 말했다. "당신은 저의 영향력을 과대평가하고 계십니다. 사령관은 제가 지참한 소개장을 읽었으므로 제가 재판 제도를 연구하는 전문가가 아니라는 사실을 잘 알고 있습니다. 제가 어떤 의견을 말한다 해도 그것은 개인적인 의견에 지나지 않을 것이며, 그 효과에 있어서도 다른 사람들의 의견과 별로 다를 바가 없습니다. 여하튼 제가 알고 있는 한 이 유형지에서 광범위한 권한을 가지고 있는 바로 그 사령관의 의견에 비한다면 제 의견은 아무것도 아닌 것입니다. 만일 이러한 집행에 대한 사령관의 의견이 이미 당신이 상상하고 있는 것처럼 그렇게 단호한 것이라면, 물론 저 같은 사람의 미약한 조력을 기다릴 필요도 없이 이러한 장치는 결국 종말에 이른 것이 아닌가 하는 생각이 드는군요."

이렇게 말하면 장교로서도 이미 납득이 되지 않았을까? 아니, 그는 아직 이해하지 못했다. 장교는 힘차게 머리를 흔들면서 힐끗 죄수와 사병 쪽을 돌아보았다. 죄수도 사병도 깜짝 놀라 죽 통에서 물러났다. 장교는 탐험가의 바로 코앞까지 다가섰으나, 상대방을 정면으로 바라보지는 않고 시선을 그의 가슴 부근에다 둔 채, 전보다 더 목소리를 낮추어 이렇게 말했다.

"당신은 사령관을 모릅니다. 당신은 사령관이나 저희들 편에서 보면 — 실례입니다마, 이런 표현을 용서하십시오 — 무채한 분이십니다. 그리고 제 말이 틀림없습니다마, 당신의 영향력은 절대로 과대평가된 것이 아닙니다. 사실 저는 당신 한 분만이 이 사형 집행에 입회한다는 얘기를 들었을 때 몹시 기뻤습니다. 사령관이 제게 그렇게 손을 쓴다면 좋습니다, 저도 그것을 저에게 유리하도록 이용하면 되는 것이니까요. 아무 근거도 없는 귓속말이나 멸시하는 듯한 시선 같은 것에 — 그런 것은 형의 집행에 깊은 관심을 기울일 경우 피할 수 없는 일이지만 — 현혹당하지 않고 당신은 신중하게 저의 설명을 들으셨고, 이 기계를 보아 주셨으며 마침내 집행 현장까지 관람하실 참입니다. 틀림없이 당신의 판단도 확고하게 섰으리라고 생각됩니다. 만일 다소 미심쩍은 점이 남아 있더라도 집행하는 것을 보시는 동안에 저절로 아시게 될 것입니다. 그런데 거듭 부탁드리고 싶습니다마, 제발 사령관의 반대 입장에 서 있는 저를 위해서 힘을 좀 써 주십시오!"

탐험가는 더 이상 상대방이 말을 하지 못하도록 하기 위하여 "저로서는 무리한 일입니다!" 하고 외쳤다. "그런 일은 전혀 불가능합니다. 저는 당신의 일을 방해할 수도 없거니와 당신을 도울 수도 없습니다."

"할 수 있습니다." 하고 장교가 말했다. 탐험가는 장교가 주먹을 쥐고 있는 것을 보고 약간 두려움을 느꼈다. "할 수 있고 말고요." 장교는 다시 격렬한 어조로 확인을 하듯 반복했다. "반드시 성공할 수 있는 묘안이 한 가지 있습니다. 당신은 당신의 영향력 쯤은 별것 아니라고 하십니다만, 저는 그것으로 충분하다고 믿고 있습니다. 그리고 그 점을 일보 양보해서 당신의 견해가 옳다고 가정한다 하더라도, 저의 이 처사를 고수하기 위해서는 모든 수단을 다하여 설령 천박하게 보이는 방법일지라도 역시 반드시 시도해 볼 필요가 있지 않을까요? 아무튼 저의 복안腹案을 좀 들어 보십시오.

그것을 실행하는 데 있어서 우선 무엇보다 필요한 것은, 당신이 오늘 이 유형지에서 저의 처사에 대한 비판을 될 수 있는 대로 삼가 주시는 일입니다. 설사 정면으로 질문을 당하지 않는다 할지라도 절대로 의견 비슷한 것을 흘려서는 안 됩니다. 결국 당신의 말씀은 간단하고 애매해야 합니다. 이런 일에 대해서 이야기한다는 것이 당신으로서는 몹시 괴로운 일이며 기분이 좋지 않다는 것, 설령 당신이 숨김없이 이야기하려고 해도 저주스러운 말만 계속 입에서 튀어나온다는 것을 모든 사람들에게 깨우쳐 주셔야 합니다. 저는 당신에게 거짓말을 해 주십사 요구하는 것은 결코 아닙니다. 절대로. 단지 간단하게 '네, 집행을 보고 왔습니다.' 라든가, '네, 설명은 모두 들었습니다.' 라는 식으로 대답만 해 주시면 됩니다. 특별한 것은 없습니다. 다만 그것뿐입니다. 이렇게 해서 당신의 불유쾌한 감정을 그들에게 깨닫도록 하는 것입니다. 당신이 불쾌해진 동기는 충분히 있습니다. 사령관에게는 뜻하지도 않았던 일이 되겠지만 말입니다. 물론 사령관 쪽에서는 ㄱ것을 완전히 오해해서 마땅히 사령관 나름으로 판단하겠지요. 저의 복안의 승산 여부도 사실은 여기에 있습니다.

내일 사령부에서는 사령관이 의장이 되어 고급 행정관들을 총망라한 대규모 회의가 열립니다. 사령관은 그러한 회의를 겸해서 전람회 같은 행사를 여는 것을 좋아합니다. 최근에도 미술관이 하나 건립되었는데 항상 관중이 가득 몰려듭니다. 저도 어쩔 수 없이 그 회의에 참석하고는 있지만, 몸이 떨릴 정도로 불쾌해서 견딜 수가 없습니다. 그런데 당신도 어쨌든 회의에 반드시 초대될 것입니다. 당신이 지금 말씀드린 저의 복안대로만 태도를 취해 주신다면, 그 초대는 얼마든지 받아도 좋습니다. 하지만 만일의 경우에 어떤 이해할 수 없는 이유로 인해 초대를 받지 못하게 되면, 물론 당신은 자진해서 초대를 요구하지 않으면 안 됩니다. 그렇게 되면 틀림없이 초대를 받게 될 것입니다. 그러면 내일 당신은 사령관을 위해서 마련해 놓은 칸막이 특별석에 숙녀들과 함께 앉게 될 것입니다. 사령관은 몇 번이고 눈을 치켜뜨면서 당신이 출석하신 것을 확인하겠지요. 이렇게 해서 방청자를 위해 예정된 쓸데없는 갖가지 의제 — 대체로 항구 축조에 관한 문제입니다. 그 관건은 언제나 반복되는 것이지요 — 가 끝나면, 반드시 재판 제도에 관한 것이 의제에 오릅니다.

혹시 사령관 측에서 이 문제를 끄집어내지 않는다면, 혹은 늦어진다고 생각되어지면, 제가 당장 의제를 올리도록 처리하겠습니다. 즉, 제가 갑자기 일어서서 오늘의 집행 결과에 대한 보고를 하는 것입니다. 아주 짧게, 그 보고만을. 물론 그런 장소에서의 그러한 보고는 전례가 별로 없는 것이지만 저는 구애받지 않고 그것을 해치울 것입니다. 사령관은 평소처럼 친절한 미소를 띠며 저에게 치하하겠지만, 잠시 후에는 더 이상 자신을 억제하지 못하고 이 좋은 기회를 포착할 것이 확실합니다. '방금 사형 집행에 대한 보고가 있었습니다. 지금 들은 보고에 이어서 본관이 꼭 덧붙여 두고 싶은 말은 다른 것이 아닙니다. 이번에 위대하신 학자께서 내방해 주신 것을, 우리들 유형지의 대단한 영예로 여기고 있다는 것은 여러분도 잘 알고 있는 사실입니다. 그분께서 몸소 이번 집행에 입회해 주셨습니다. 더군다나 오늘은 또 이 회의에까지 참석해 주셔서 회의를 더욱 뜻 깊게 하셨습니다. 이제 여기에서, 이것을 계기로 학계의 위대한 분께서는 낡은 관례에 의한 사형 집행과 그것에 앞서 행해지는 재판 절차에 대해 어떻게 생각하고 계신지 직접 물어보기로 한다면 어떻겠습니까?' 하고 사령관은 대개 이와 비슷한 내용을 발언하겠지요.

물론 일제히 박수가 터질 것입니다. 전원일치의 찬성이겠지요. 그리고 누구보다 저는 더 대찬성하겠습니다. 그러면 사령관은 당신을 향해 고개를 숙여 보이며 이렇게 말할 것입니다. '그럼 일동을 대표하여 본관이 질문을 드리도록 하겠습니다.' 그러면 곧 당신은 난간에 모습을 나타냅니다. 두 손은 모든 사람들이 똑똑히 볼 수 있도록 난간 위에 올려놓으십시오. 그렇지 않으면 숙녀들이 붙잡고 손가락을 만지작거릴 테니까요 — 이제야말로 마침내 당신이 발언할 때가 된 것입니다. 저는 그때까지 몇 시간의 긴장된 순간을 어떻게 견디어 낼지 지금도 걱정하고 있는 중입니다. 당신은 답변을 하실 때 절대로 사양해서는 안 됩니다. 진실 그대로를 큰 소리로 말씀해 주십시오. 난간으로부터 상반신을 내밀고 사자후獅子吼를 해 주십시오. 그렇습니다. 사령관을 향해서 당신의 의견을, 당신의 흔들리지 않는 의견을 열렬히 외치는 것입니다.

그런데 혹시 당신은 이런 행위를 좋아하시지 않을는지도 모르겠습니다. 당신 성격에는 아마도 맞지 않겠지요. 추측컨대, 만일 당신의 나라에서 이런 정황에 처하게 된다면 당신은 아마 다른 태도를 취하실 것입니다. 그렇다면 좋습니다. 새삼스럽게 일어설 것까지도 없습니다. 단 서너 마디의 말씀만이라도 해 주십시오. 속삭이는 듯한 목소리라 해도 틀림없이 당신의 눈앞에 있는 관리들의 귀에 들리기만 하면 그것으로 충분합니다. 당신은 일부러 사형 집행에 대한 일반의 관심사라든가 삐걱거리는 톱니바퀴, 혹은 끊어진 가죽 혁대나 구역이 나게 만드는 펠트에 관하여 말씀하실 필요는 없습니다. 정말입니다. 그 다음 이야기는 제가 모두 떠맡겠습니다. 그렇게만 된다면 문제없습니다. 저의 이 변설辯舌로써 그 친구를 회의장에서 내쫓아 버리든가 그렇지 않으면 반드시 무름 꿇게 하여 '전임 사령관이시여, 귀하 앞에 제가 이렇게 머리를 숙입니다.' 라고 그 친구가 분명하게 고백하지 않을 수 없도록 만들겠습니다 — 이것이 저의 복안입니다. 틀림없이 저에게 가세해서 이것이 성취되도록 해 주시겠지요? 물론 도와주실 것이 분명합니다. 아니, 그것이야말로 당신에게 있어서는 의무인 것입니다."

장교는 말을 끝내자, 탐험가의 양팔을 난폭하게 움켜쥐고 숨을 거칠게 몰아쉬며 탐험가의 얼굴을 뚫어지게 쳐다보았다. 장교가 최후의 말을 울부짖듯이 내뱉었기 때문에 사병과 죄수까지도 이미 그의 말에 귀를 기울이고 있었다. 두 사람은 아무것도 이해하지는 못했지만, 다 같이 먹던 일을 중지하고 입 안에 있는 것을 씹으면서 탐험가 쪽으로 눈길을 돌렸다.

탐험가 쪽에서는 처음부터 대답할 말이 이미 정해져 있었다. 탐험가는 이제까지 세상 경험을 실컷 해 보았기 때문에 새삼스럽게 자신의 거취에 대해 망설이지 않았다. 더구나 근본이 공정한 인물이었으며 조금도 주저할 줄 모르는 사람이었다. 그럼에도 불구하고 방금 사병과 죄수를 본 순간 문득 탐험가는 망설였다. 그러나 마침내 그는 자신의 의무로서 "거절하겠습니다." 하고 대답했다. 장교는 눈을 깜박거리면서 잠시도 그에게서 시선을 떼지 않았다.

"설명을 하라는 말인가요?" 하고 탐험가가 물었다. 장교는 잠자코 고개를 끄덕였다. 그래서 탐험가가 다시 말했다. "저는 그와 같은 입장에는 반대하는 사람입니다. 저는 당신이 ㄱ 생각을 털어놓기 전에 ― 물론 당신의 그와 같은 신뢰를 어떤 일이 있어도 절대로 악용하지는 않겠지만 ― 이곳의 일에 대하여 간섭을 해도 좋을 것인지, 또는 저의 간섭이 조금이라도 성공할 가능성이 있는지에 대하여 이미 숙고를 했습니다. 그리고 간섭을 할 경우, 우선 먼저 누구를 상대해야 할 것인지에 대해서도 확실한 목표가 서 있었습니다. 물론 사령관입니다. 당신의 설명 덕분으로 그것만은 아직 저의 결심이 확고히 굳어지기 전에 분명해졌습니다. 아니 그뿐만이 아니라 당신의 한결같은 신념에 대해서는, 그것 때문에 저의 판단이 흔들린 것은 아니지만 깊은 감명을 받았습니다."

　장교는 여전히 입을 다문 채로 기계 쪽을 향하여 돌아서서 놋쇠 봉 하나를 붙잡고는 약간 몸을 뒤로 젖혀 녹사기를 올려다보았다. 마치 모든 것이 제대로이며 이상이 없는가 하고 검사라도 하는 듯한 모습이었다. 사병과 죄수는 어느 틈엔가 서로 친숙해진 것 같았다. 죄수는 단단히 묶여서 매우 거북스러웠음에도 불구하고 사병을 향해 눈짓으로 신호를 했다. 그러자 사병은 죄수 쪽으로 몸을 굽히는 것이었고, 죄수가 무엇인가 속삭이자 사병은 고개를 끄덕였다.

　탐험가는 장교의 뒤를 따라가며 또 이렇게 말했다. "당신은 제가 무엇을 하려고 생각하는지 아직 잘 모르고 있습니다. 저는 그 문제가 되고 있는 조치에 대해서 저의 견해를 사령관에게 이야기는 하겠지만, 절대로 회의석상이 아닌 단둘이 있을 때 하겠습니다. 사실 저는 어떤 회의에 초청을 받을 때까지 한가롭게 이곳에 머물러 있을 수가 없습니다. 내일 새벽에는 이미 이곳을 출발했거나, 아니면 적어도 배에 타고 있을 것입니다."

장교는 이야기에 귀를 기울이고 있는 것 같지 않았다. "저의 일에 대해서는 결국 납득을 하지 못하셨군요?" 하고 장교는 혼잣말처럼 말하며 미소를 지었다. 마치 노인이 어린아이의 철없는 행동을 보고 미소를 지으면서 그 미소 뒤에 자신의 진짜 생각을 감출 때처럼. "그렇다면 이젠 때가 되었군요." 장교는 마침내 입을 열어 그렇게 말하고는 무엇인가 독촉이라도 하는 듯이 협력을 구하는 시선으로 탐험가를 바라보았다.

"무슨 때가 되었다는 말입니까?" 탐험가가 근심스럽게 물었으나 그는 아무 대답도 하지 않았다.

"너는 석방이다." 장교는 죄수를 향하여 그들의 언어로 말했다. 죄수로서는 순간적으로 믿어지지 않는 모양이었다. "자, 이젠 석방이다." 하고 장교가 되풀이하여 말하자, 비로소 죄수의 얼굴에는 생기가 돌았다. 이것이 정말일까. 언제 변할지도 모르는 장교의 변덕에 불과한 것은 아닐까. 이국의 탐험가가 힘을 써서 장교가 특사特赦를 베푼 것일까. 무슨 일일까. 죄수의 얼굴은 이렇게 묻고 있는 것 같았다. 그러나 그것도 오래가지 않았다. 죄수는 어떻게 된 일인지는 모르지만 일단 용서를 받은 이상, 정말로 속히

석방되기를 바랐던 것이다. 죄수는 써레가 허용하는 한 몸을 흔들기 시작했다.

"그러면 혁대가 끊어져 버리잖아!" 하고 장교는 신경질적으로 소리를 질렀다. "가만히 있어. 곧 풀어 줄 테니!" 그리고 장교는 사병에게 신호를 하여 그와 함께 죄수를 풀기 시작했다. 죄수는 말없이 소리를 죽이고 빙긋이 혼자 웃으면서 왼쪽의 장교와 오른쪽의 사병의 얼굴을 번갈아 쳐다보았다. 물론 죄수는 탐험가 쪽도 잊지 않고 쳐다보았다.

"끌어내라!" 장교가 사병에게 명령했다. 그러나 끌어내는 것도 써레가 있기 때문에 다소 조심을 해야만 했다. 죄수는 초조하게 굴었던 탓으로 이미 등에 몇 군데 작은 상처를 입었다.

그런데 그때부터 장교는 이미 죄수에 대해서는 거의 신경을 쓰지 않았다. 장교는 탐험가 옆으로 서슴없이 다가와서는 또다시 예의 작은 가죽 지갑을 꺼내어 그 속을 뒤적거리더니 마침내 찾고 있던 종이쪽지를 꺼내 들었다. 그는 그것을 탐험가에게 내보였다.

"읽어 보십시오." 장교가 말했다.

"읽지 못합니다. 조금 전에도 말한 바와 같이 그런 것은 읽지 못합니다" 하고 탐험가는 말했다.

"자, 주의해서 잘 보십시오." 장교는 그렇게 말하면서 함께 읽기 위해 탐험가의 옆에 나란히 섰다. 그러나 그렇게 하는 것이 아무런 도움도 되지 않았기 때문에, 이번에는 마치 종이쪽지에 절대로 손을 대지 못하게 하기 위한 것처럼 그것을 높이 쳐들고는 새끼손가락으로 그 지면을 좌우로 더듬었다. 이렇게 해서 탐험가의 판독을 용이하게 하려는 생각이었을 것이다. 탐험가 쪽에서도 최소한 이 점에서만은 장교를 기쁘게 해 주려고 무던히 고심해 보았지만 헛수고였다. 그러자 장교는 쪽지에 씌어 있는 글자의 자모를 한 자 한 자 읽기 시작했다. 그런 다음 다시 그 글자들을 연결지어 읽었다. "여기에는 '자이 게레히트(공정하라)!' 라고 씌어 있습니다." 하고 장교는 말했다. "이젠 당신도 읽을 수 있을 것입니다." 탐험가가 쪽지 위에 너무 가까이 엎어지듯 고개를 숙이고 들여다보았기 때문에 장교는 그것을 만지지 못하도록 종이를 더욱 멀찍이 쳐들었다. 탐험가는 더 이상 아무 말도 하지 않았지만 여전히 읽을 수 없는 것이 분명했다. "이것은 '공정하라!' 는 말입니다." 하고 장교는 되풀이했다.

"그런지도 모르겠군요. 어쩐지 그렇게 씌어 있다는 생각이 들기도 합니다." 탐험가가 대답했다.

"이제 됐습니다." 장교는 적어도 어느 정도까지는 만족을 하였는지 그렇게 말하고는 그 쪽지를 손에 든 채 사닥다리로 올라갔다. 그리고 그 종이를 매우 조심스럽게 녹사기 속에다 깔고 나서, 톱니바퀴 장치를 갈아 끼우는 것이었다. 그것은 상당히 까다로운 작업임에 틀림없었다. 아주 작은 톱니까지도 하나하나 문제가 되기 때문이다. 때로는 장교의 머리가 완전히 녹사기 속으로 사라진 일도 있었다. 장교는 그토록 세밀하게 톱니바퀴 장치를 검사해야만 했던 것이다.

탐험가는 밑에서 장교의 이 작업을 계속 지켜보고 있었다. 목덜미가 뻣뻣해졌고 눈은 하얀 햇살 때문에 피로했다. 사병과 죄수는 이제 서로의 일에만 열중하고 있었다. 이미 구멍 속에 내던져졌던 셔츠와 바지를 사병이 총검 끝에 걸어 끌어 올렸다. 셔츠는 보기 흉할 정도로 더럽혀져 있었다. 죄수는 그것을 물통 속에 넣어서 빨았다. 이윽고 죄수가 셔츠와 바지를 몸에 걸쳤을 때, 사병도 죄수도 갑자기 큰 소리로 웃음을 터뜨렸다. 애써 입은 옷이 등줄기에서 두 조각으로 갈라져 있었기 때문이다. 죄수는 본의는 아니었지만 사병을 즐겁게 해 주어야겠다는 생각에, 갈라진 옷을 걸친 채로 사병이 보는 앞에서 원을 그리며 춤을 추었다. 사병은 땅바닥 위에 책상다리를 하고 앉아 깔깔거리며 무릎을 치고 있었다. 그러나 그들은 역시 그 자리에 있는 높은 사람이 신경 쓰이는지 애써 조심하고 있었다.

높은 곳에 올라갔던 장교는 겨우 작업을 끝낸 모양으로 빙그레 웃으면서 전체를 다시 한 번 둘러보고는, 그때까지 열려 있던 녹사기 뚜껑을 덮고 밑으로 내려왔다. 그러고는 구멍 속을 들여다보고 다시 그 눈을 죄수 쪽으로 옮겨서 죄수가 이미 자신의 옷을 끄집어내고 있는 것을 확인하자 만족스러운 얼굴로 손을 씻기 위해 물통 쪽으로 다가갔다. 그런데 때는 이미 늦어 물통 속에 메스꺼운 오물이 떠 있는 것이 눈에 들어왔다. 장교는 손을 씻을 수가 없었기 때문에 실망을 하고는 마침내 모래 속에다 — 그는 그런 대용품이 마음에 들지 않았지만 부득이 감수하지 않을 수 없었다 — 손을 집어넣었다. 그리고 그는 일어서서 군복 저고리의 단추를 끄르기 시작했다. 이때 갑자기 장교의 손에 두 장의 부인용 손수건이 떨어졌다. 그때까지 옷깃 안에다 넣어 두었던 것이나.

"자, 여기 네 손수건을 받아라." 장교는 말하면서 죄수에게 그것을 던져 주었다. 그리고 탐험가를 돌아보고는 설명을 하듯이 말했다. "숙녀들이 준 선물입니다." 장교는 저고리를 벗기 시작했다. 옷을 하나하나 다 벗을 때까지 그는 분명히 서둘렀으나 막상 다 벗은 다음에는 벗어 놓은 옷들을 일일이 정성스럽게 개었다. 군복에 붙어 있는 은빛 술은 특별히 손가락으로 쓰다듬기까지 하였으며, 다시 흔들어 가지런히 해 놓기도 했다. 그런데 이해할 수 없는 일은, 옷을 차례차례 모두 개고 나더니 그것을 갑자기 불쾌한 듯이 구덩이 속에다 던져 버리는 것이었다. 마지막까지 손에 남아 있었던 것은 가죽 끈이 달린 단검이었다. 장교는 그 칼집에서 칼을 뽑아 두 동강을 내어 칼집이며 가죽 끈과 함께 모두 구덩이에다 힘껏 던져 버렸다. 그것들이 떨어지면서 서로 부딪치는 소리가 들려왔다.

이제 장교는 완전히 알몸이 되어 서 있었다. 탐험가는 입술을 깨물고 아무 말도 하지 않았다. 탐험가는 이제부터 어떤 일이 일어날 것인지 이미 짐작이 가는 바였지만, 장교가 하려는 일을 막을 권리는 없었다. 장교가 오로지 헌신적으로 집착하던 재판 제도가 실제로 폐지될 운명에 놓였다면 — 어쩌면 탐험가의 간섭 때문인데, 탐험가는 또 그것을 자신의 의무라고 느끼고 있는 상황에서 — 지금 장교의 이런 행동은 정말 옳고 당연한 것이었다. 만일 탐험가 자신이 장교의 입장에 놓였다 할지라도 똑같은 행동을 취할 수밖에 없었을 것이다.

사병이나 죄수는 처음에는 아무것도 눈치채지 못하고 있었다. 한동안 그들은 이쪽을 쳐다보지도 않았던 것이다. 죄수는 손수건을 되돌려 받았기 때문에 매우 기뻐하고 있었다. 그러나 죄수는 언제까지나 기뻐하고 있을 수만은 없었는데, 사병이 갑자기 옆에서 그것을 잡아챘기 때문이다. 사병은 손수건을 벨트에다 끼워 두었다. 그러자 다시 죄수가 사병의 벨트에서 그것을 빼앗으려고 했다. 사병도 방심만 하고 있지는 않았다. 이렇게 해서 그들은 반은 장난 삼아 다투고 있었던 것이다.

장교가 알몸이 된 후에야, 비로소 두 사람은 그에게 주의를 기울였다. 특히 죄수는 그 어떤 심상치 않은 변화가 일어날지도 모른다는 예감으로 가슴이 두근거리는 모양이었다. 자신의 신상에 일어났던 일이 이제는 장교에게 일어나는 것이다. 자칫하면 그대로 막다른 골목까지 갈지도 모른다. 틀림없이 이국의 탐험가가 그것을 명령한 모양이다. 즉, 복수인 것이다. 자신은 최후까지 고통을 당하지는 않았지만, 장교 저 친구는 최후까지 복수를 낭할 것이다. 그렇게 생각하는 순간 죄수의 얼굴에는 만족스러운 무언의 웃음이 떠올라 사라질 줄을 몰랐다.

그런데 장교는 이미 기계를 향하고 있었다. 장교가 이 기계에 익숙하다는 사실을 전부터 분명하게 알고 있는 사람이라 할지라도, 지금 바로 그가 기계를 조종하는 행동이나 기계가 그의 조작에 따르는 상태를 본다면 놀라지 않을 수 없을 것이다. 장교가 단지 손을 아래에 갖다 대기만 했는데도, 써레는 위아래로 작동을 하며 몇 차례 움직이는 사이 장교를 받아들이기에 적당한 위치가 되었다. 장교가 침대 가장자리에 손을 대자마자 이미 침대는 진동을 하기 시작했다. 그러자 이번에는 펠트 뭉치가 장교의 입으로 다가오고 있었다. 장교도 그 펠트만은 절대로 받아들이고 싶지 않은 모양이었다. 그러나 일순간 주저하는 빛을 보였을 뿐, 장교는 곧 체념을 했는지 그것을 입에 물었다. 준비는 완료되었다. 다만 예의 혁대만이 침대 끝에 아직도 매달려 있었는데, 그것은 분명히 불필요한 것이었다. 장교는 특별히 붙잡아 맬 필요가 없었기 때문이다.

그런데 이때 풀려 있는 그 혁대가 죄수의 눈에 띄었다. 죄수는 혁대를 꼭 잡아매지 않는 이상 집행도 완전하지 못하다고 생각한 모양이었다. 부지런히 눈짓으로 사병에게 그 사실을 알리더니, 이윽고 두 사람은 장교를 침대에 붙잡아 매기 위해서 달려가는 것이었다. 그때 장교는 이미 한쪽 발을 뻗어 녹사기를 작동시키는 핸들을 밀려고 했다. 장교는 두 사람이 달려온 것을 보자, 그 한쪽 발을 끌어당겨 두 사람이 붙잡아 매는 대로 몸을 내맡기고 있었다. 물론 그렇게 되면 핸들은 장교의 손에 미치지 않는 곳에 있게된다. 그렇지만 사병이나 죄수도 그 정확한 위치를 모르고 있었다. 탐험가는 절대로 몸을 움직이지 않으리라 결심하고 있었으나 그것마저도 소용없는 일이었다. 혁대가 걸리자마자 기계도 움직이기 시작한 것이다. 침대는 진동을 하고 여러 개의 바늘이 피부 위에서 춤을 추는가 했더니 써레가 위아래로 작동을 하기 시작했다. 탐험가는 그런 상황을 지켜보고 있는 동안에 곧 녹사기 속의 톱니바퀴 하나가 삐걱 소리를 내리라고 생각했으나, 희미한 마찰음조차 들리지 않고 조용하기만 했다.

이러한 조용한 작동 때문에 그 자리에 있는 사람들의 기계에 대한 주의력은 점차 사라지고 말았다. 탐험가는 사병과 죄수에게 시선을 돌리고 있었다. 죄수는 의외로 생기를 띠고 있었는데, 기계의 모든 부분마다 흥미를 느꼈는지 허리를 굽히고 혹은 발돋음을 하기도 하면서 계속 집게손가락을 뻗쳐 무엇인가를 사병에게 가리키고 있었다. 탐험가는 그것을 보자 가슴이 에이는 듯한 괴로움을 느꼈다. 탐험가는 최후까지 현장에 머물러 있을 결심을 하고 있었으나, 더 이상 두 사람의 태도를 보고 있을 수가 없었다.

"자네들은 돌아가게." 탐험가가 말했다. 이미 사병은 돌아갈 생각을 하고 있었는지도 모른다. 그런데 죄수는 그 명령을 바로 치벌로 착각한 모양이었다. 죄수는 두 손을 마주 잡고 제발 이 자리에 있게 해 달라고 계속 애원했다. 그래도 탐험가가 고개를 흔들면서 전혀 받아들이려 하지 않았으므로, 이번에는 아예 무릎을 꿇기까지 했다. 탐험가는 어떤 명령도 아무 소용이 없다는 것을 깨닫고는 옆으로 다가가 두 사람을 쫓아 버리려고 했다.

그때 머리 위의 녹사기 속에서 어떤 요란한 소리가 들려왔다. 탐험가는 얼떨결에 위를 올려다보았다. 역시 바로 그 톱니바퀴의 고장일까? 아니, 전혀 다른 일이었다. 녹사기의 뚜껑이 서서히 위로 올라간다고 생각하자, 곧 탕 하는 소리와 함께 그것이 완전히 열렸다. 그와 동시에 톱니바퀴의 톱니 하나가 밀려 올라오듯이 나타나더니 마침내 그 톱니바퀴의 전모가 드러났다. 마치 어떤 강한 힘이 녹사기를 압착했기 때문에, 이제는 이 톱니바퀴를 받아들일 자리가 없어진 것 같았다. 톱니바퀴가 빠져나와 흔들리며 녹사기의 가장자리까지 왔다고 생각되자, 갑자기 그것이 밑으로 툭 떨어졌다. 그러고는 모래 위를 얼마 동안 굴러가다가 옆으로 쓰러져 버렸다. 그런데 그때 이미 머리 위에는 또 다른 톱니바퀴가 모습을 드러내고 있었다. 이렇게 해서 차례차례로 큰 것, 작은 것, 거의 식별이 되지 않는 크기의 것이 수없이 나타나서는 모두가 똑같은 일을 반복하는 것이었다. 이제야말로 녹사기 안이 텅 비었으리라 생각하며 사람들은 몇 번씩이나 조마조마하게 지켜보고 있었다.

그러나 그때마다 의외로 많은 톱니바퀴들이 떼를 지어 나타나서 완전히 밀려 올라갔다가 다시 밑으로 떨어져서 모래 위를 굴러가다가 옆으로 쓰러져 버리는 것이었다. 이 사건 때문에 죄수는 탐험가의 명령을 완전히 잊어버리고 있었다. 죄수는 사병의 도움을 받아서 어느 한 개만이라도 톱니바퀴를 정지시키려고 열심히 노력했으나, 막상 붙잡으려고 손을 내미는 순간에는 언제나 깜짝 놀라서 그 손을 다시 뒤로 끌어당기지 않을 수 없었다. 갑자기 또다른 톱니바퀴가 뒤를 이어 줄지어 굴러 왔기 때문에 무서워 겁을 집어먹었을 것이다.

그와 반대로 탐험가는 심히 불안한 상태에 있었다. 기계가 붕괴되고 있는 것이 분명했다. 조금 전의 평온한 작동은 속임수에 불과했던 것이다. 장교는 이미 그 자신의 몸까지도 다스리지 못하게 되었으니 이제야말로 장교의 몸을 떠맡아 주지 않으면 안 되며 그 일은 자신이 해내야 할 것이라고 탐험가는 느끼고 있었다. 그러나 사실상 탐험가는 톱니바퀴의 끊임없는 낙하에 온 주의력을 기울이느라고 기계의 나머지 부분에 대한 감시를 게을리하고 있었다. 그런데 지금, 마지막 톱니바퀴가 녹사기를 뒤에 두고 떨어진 다음 써레를 들여다보았을 때 탐험가는 또 다른, 더욱 심한 놀라움에 사로잡히게 되었다. 써레는 이미 글자를 새기고 있지 않다. 갑자기 장교의 육체를 찌르기 시작한 것이다. 또 침대는 몸을 점차적으로 반전시키지는 않고 진동을 계속하면서 늘어서 있는

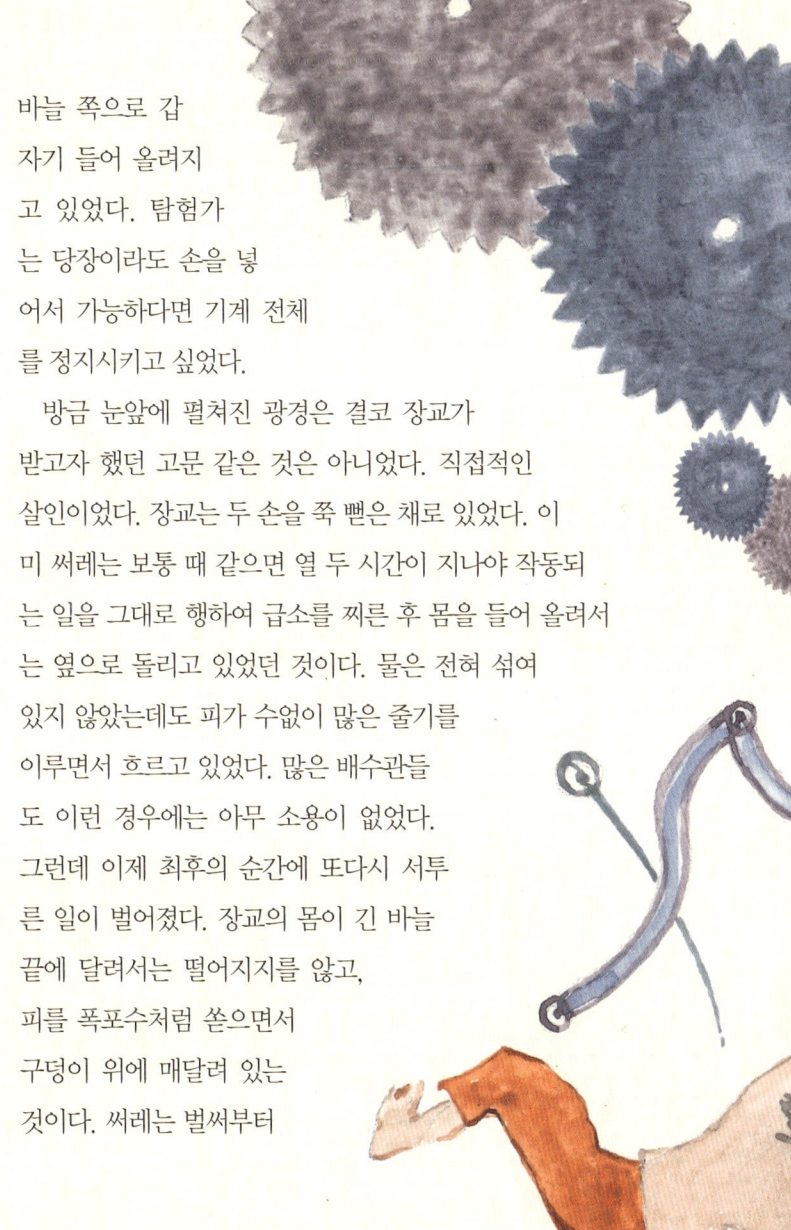

바늘 쪽으로 갑
자기 들어 올려지
고 있었다. 탐험가
는 당장이라도 손을 넣
어서 가능하다면 기계 전체
를 정지시키고 싶었다.

　방금 눈앞에 펼쳐진 광경은 결코 장교가
받고자 했던 고문 같은 것은 아니었다. 직접적인
살인이었다. 장교는 두 손을 쭉 뻗은 채로 있었다. 이
미 써레는 보통 때 같으면 열 두 시간이 지나야 작동되
는 일을 그대로 행하여 급소를 찌른 후 몸을 들어 올려서
는 옆으로 돌리고 있었던 것이다. 물은 전혀 섞여
있지 않았는데도 피가 수없이 많은 줄기를
이루면서 흐르고 있었다. 많은 배수관들
도 이런 경우에는 아무 소용이 없었다.
그런데 이제 최후의 순간에 또다시 서투
른 일이 벌어졌다. 장교의 몸이 긴 바늘
끝에 달려서는 떨어지지를 않고,
피를 폭포수처럼 쏟으면서
구덩이 위에 매달려 있는
것이다. 써레는 벌써부터

제 위치로 돌아가려고 하다가, 마치 아직도 이 무거운 짐을 버리지 못한 것을 스스로 깨닫기라도 한 듯이 여전히 구덩이 위에 머물러 있었다.

"이봐, 좀 도와주게!" 탐험가는 사병과 죄수를 향해 소리치며 손수 장교의 두 발을 붙잡았다. 그는 장교의 발에다 몸을 대고 밀어붙일 생각이었다. 그리고 두 사람으로 하여금 건너편에서 장교의 머리를 붙잡게 한다면 장교의 몸뚱이를 바늘에서 차츰 뽑아낼 수 있을 것이다. 그러나 두 사람은 다가올 결심이 서지 않는 모양인지, 죄수는 노골적으로 외면하고 있었다. 그래서 탐험가는 두 사람에게 다가가 강제로 그들을 장교의 머리가 있는 곳까지 끌고 와야만 했다. 이때 탐험가는 얼떨결에 시체의 얼굴을 보고야 말았다. 아직 살아 있었을 때의 얼굴 그대로였다 ─ 그가 그토록 확언했던 구원의 징조는 하나도 찾아볼 수가 없었다. 다른 사람들이 이 기계에 엎드렸을 때 발견해 낸 것을 장교는 끝내 발견하지 못한 것이다. 그의 입술은 굳게 닫혀 있었고, 두 눈은 뜬 채로였는데 아직도 살아 있는 것 같은 기운이 감돌고 있었다. 그 눈길은 평안하면서도 깊은 확신으로 가득 차 있었다. 그리고 이마에는 그 커다란 쇠바늘이 뾰족하게 튀어나와 있었다.

탐험가가 사병과 죄수를 이끌고 겨우 유형지의 첫 번째 마을에 접어들었을 때, 사병이 어떤 집을 가리키며 말했다. "저기가 다방입니다."

그 건물의 아래층은 깊숙하고 천장이 낮았으며, 그 천장과 주위의 벽은 심하게 그을려서 마치 동굴 같았다. 거리를 향한 벽은 전체가 자유롭게 출입할 수 있도록 비어 있었다. 다방이라고는 하지만, 사령부의 웅장한 건물을 제외한 몹시 낡은 유형지의 다른 모든 집들과 거의 다를 바가 없었다. 그래도 역시 탐험가에게는 역사적인 고적 같은 감명을 주었다. 탐험가는 지나간 시절의 권세를 느낀 것이다. 그는 점점 더 가까이 다가갔다. 두 사람을 거느린 채 가게 앞의 길가에 놓인 빈 테이블 사이를 빠져나갔다. 그들은 안으로부터 풍겨 나오는 곰팡이 냄새가 나는 찬 공기를 들이마셨다.

"그 늙은이는 이곳에 묻혀 있습니다." 하고 사병이 말했다. "묏자리를 구하려 해도 목사가 승낙하지 않았기 때문에, 어디에 파묻을지 결정을 내리지 못하다가 결국 이곳에 파묻어 버렸습니다. 이 사건에 대해서는 장교가 한 마디도 하지 않았을 것입니다. 왜냐하면 그도 면목이 없었을 테니까요. 물론 장교는 여러 번 한밤중에 그 늙은이를 파내려고 시도해 보았지만, 그때마다 마을 사람들이 내쫓아 버려서 뜻을 이루지 못했습니다."

사병의 이야기가 믿어지지 않는 탐험가는 "그 무덤이 어디에 있지?" 하고 물었다. 사병과 죄수는 그 말을 듣자마자 곧 탐험가보다 앞서서 달려가더니, 손을 뻗쳐 무덤이 있음직한 곳을 가리키면서 탐험가를 맞은편 벽 쪽으로 데리고 갔다. 그곳에는 몇 개의

테이블이 있고 손님들이 앉아 있었다. 부두의 노동사들인 모양이었다. 얼굴에 짧고 검은 수염을 텁수룩하게 기른, 체격이 늠름한 사나이들이었다. 그들은 모두 저고리를 입지 않은데다가 셔츠는 누더기처럼 해져서 보기에도 가난한 사람들 같았다. 탐험가가 다가가자 서너 사람이 자리에서 일어나 벽에다 몸을 붙이면서 경계하는 눈초리로 그를 바라보았다. "외국인이로군." 탐험가의 귀에 그렇게 속삭이는 소리가 들려왔다. "무덤을 보러 온 모양이야." 노동자들이 테이블 하나를 옆으로 밀어내자, 그 밑에서 실제로 묘석이 하나 나타났다. 조잡한 돌로 만든 것으로, 높이도 테이블에 가려질 정도로 낮았다. 거기에 매우 작은 글씨로 묘비명이 새겨져 있었다. 탐험가는 그것을 읽기 위해 할 수 없이 무릎을 꿇었다. 묘비에는 이렇게 씌어 있었다.

이곳에 노사령관이 잠들다. 지금은 이름자를 써넣을 수 없지만, 그의 추종자들이 모여 그를 위해서 무덤을 파고 묘석을 세우노라. 지금으로부터 어느 정도 세월이 흐르면 사령관은 다시 소생해서 이 집에서 나와 추종자들을 거느리고 본 유형지를 탈환하리라는 예언이 있다. 믿고 기다릴지어다!

탐험가가 그것을 모두 읽고 몸을 일으켰을 때에는 어느 틈에 사나이들이 주위를 에워싸고 있었다. 그들은 마치, 우리들도 모두 그것을 읽어 보았지만 우습기 짝이 없는 일이 아니냐고 다그쳐 묻는 듯한 미소를 짓고 있었다. 탐험가는 짐짓 모르는 체하며 은화를 몇 닢 그들에게 나누어 주고는, 무덤이 있는 위치로 테이블이 다시 놓이는 것을 기다렸다가 다방을 나와 항구를 향해 떠났다.

사병과 죄수는 다방에서 아는 사람들을 만나 그들에게 붙잡혔다. 그러나 그들은 곧 사람들과 헤어진 것이 분명하였다. 탐험가가 작은 배에 오르기 위하여 기다란 계단의 한복판에 다다랐을 무렵 두 사람은 벌써 뒤쫓아 달려오고 있었던 것이다. 두 사람은 결정적인 순간에 탐험가에게 애원하여 함께 따라갈 작정이었다. 탐험가가 계단을 다 내려가서 뱃사공을 상대로 기선까지 실어다 줄 것을 교섭하고 있을 때, 두 사람은 아무 말도 하지 않고 곧바로 계단을 뛰어 내려오고 있었다. 소리를 지르면 일은 수포로 돌아가는 것이었다. 두 사람이 계단을 다 내려왔을 때 탐험가는 막 작은 배에 뛰어오르기 직전이었다. 그러나 두 사람을 본 그는 뱃바닥에서 매듭이 진 굵은 닻줄을 집어 들어 위협했고, 그 때문에 그들은 배에 올라탈 수가 없었다.

▼작품 해설◣

■■■ 내 추억 속 카프카의 인상

　내가 처음으로 카프카의 『변신 Die Verwandlung』을 소피아 서점에서 구입한 것은 1957년의 일이다. 그때는 한국전이 끝나고 얼마 되지 않은 여러모로 어려운 시기였다. 우리가 대학을 다니던 1950년대 초반은 부산의 임시교사에서 환도한 직후 아직도 전쟁의 상흔이 채 가시지 않은 동숭동의 서울대 문리대 캠퍼스에서 현역군인과 제대군인들이 섞여 강의를 듣던 혼란기였다. 교재는 등사기에 긁어서 프린트한 유인물이 전부였던 시절이다. 이 무렵 충무로에 소피아 서점이 문을 열었다. 비록 피셔Fischer판과 레클람Reclam판을 중심으로 한 문고본이 주종을 이뤘지만 원전으로 글을 읽을 수 있게 된 것이다. 소피아 서점의 탄생은 한국동란의 어려운 시기에 인문학도에게는 커다란 위안이었다. 소피아 서점은 이후 수십 년간 독일어 서적 보급의 중심지로서 명성을 떨치다가 1990년대 접어들면서 여러 사정으로 인하여 이곳저곳으로 자리를 옮겨 다녔다. 지금은 서대문 경기대 근처의 한 오피스텔에 자리하고 있다.

프란츠 카프카의 생애에는 20세기의 위대한 작가들에게서 공통적으로 보여지는 운명의 끊임없는 성쇠라든지, 획기적인 교양 체험이라고 부를 만한 것들이 나타나지 않는다. 그러나 41년의 짧은 생애 동안 근무시간 외의 심야시간에 심혈을 기울여 작업한, 변방의 유태인 작가 카프카의 문학이 전후의 혼란기에 우리나라에도 상륙한 것이다. 카프카의 이름은 금방 유행작가의 반열에 올랐다. 그 당시 프랑스 작가를 중심으로 실존주의 문학의 논의가 활발하였는데, 카프카는 실존주의 문학의 선구자로 소개되어 부조리와 소외에 대한 논의를 불러 일으켰다. 나는 지금도 그 당시 작품 속에서 느꼈던 커뮤니케이션의 단절이 눈에 선하다. 『변신』의 주인공 그레고르 잠자는 가족들의 말을 모두 알아듣지만 가족은 어느 누구도 그의 말을 이해하지 못한다. 몸은 비록 딱정벌레로 변신되었으나, 그의 의식은 여전히 인간 그대로이다. 그것은 신선한 충격이었다. 그렇지만 나의 마음 한구석에는 실존주의적 해석이 그의 작품을 남김없이 해명했다는 생각은 들지 않았다. 주인공은 어느 날 아침 갑자기 벌레로 변신했는데, 어느 누구도 그가 왜 변신했는지 알려고 하지 않는다. 주인공 자신도 자신의 변신에 대해서 놀라지도 않으며 변화의 원인을 생각하려고도 하지 않는다. 다만 그 변화를 발견할 뿐이다.

'어째서 그레고르 잠자는 벌레가 되어 버린 것일까?' 하는 물음이 뇌리에서 떠나지 않았다. 그러나 카프카의 문학에 있어서 '어째서'라고 하는 물음은 아무런 의미가 없다는 사실을 훨씬 뒤에 가서야 깨닫게 되었다.

카프카 문학과의 처음 조우가 있은 후 얼마간 세월이 지났다. 1960년대 말 서울대 교양과정부에 재직하고 있던 무렵의 일이다. 서울대 교양영어 교재에 카프카의 『선고宣告 Das Urteil』의 영문 텍스트가 실려 거의 모든 서울대생이 카프카를 읽게 되었다. 우리들은 영문과 교수들과 이 작품에 대한 깊이 있는 토의를 피할 수 없게 되었다. 이것이 계기가 되어 나는 카프카의 『선고』에 대한 글을 처음으로 발표하게 된다. 또한 이것으로 을유문학사 세계문학전집에 『성城 Das Schloss』과 『소송訴訟 Der Prozeß』을 번역 발표하기에 이른다.

다시 얼마간 시간이 흘렀다. 엠리히W. Emrich 교수의 『카프카론』을 접하게 되었고, 이제 카프카 문학이 지닌 특성 즉 그 문학의 형상성, 비유, 악몽과 공포의 장면 등이 모두 해명될 것으로 기대했다. 그러나 엠리히 역시 카프카 문학의 모든 수수께끼를 남김없이 풀어 주지는 못했다. 카프카에 대한 해석은 그 어느 것이든 카프카의 전체에 대한 것이 아니고, 그의 일면에 대한 것임을 나는 점차 깨닫게 되었다. 네모지거나 세모진 것이 아니고 미로와도 같은 카프카의 환상세계는 보는 각도에 따라 그 모습을 달리하는 것 같았다. 눈먼 사람 코끼리 만지는 격 같다는 생각이 조금씩 들기 시작했다. 만약 카프카에 대한 어떤 해석이 카프카의 전부였다고 한다면, 이를테면 실존주의적 입장이든, 정신분석학적 입장이든, 유태교 사상에 의한 해석이든, 그 해석이 카프카의 모든 것이었다면, 아마 카프카 문학의 생명력은 시대의 경계를 넘어 늘 새롭게 용솟음치지는 못하지 않았을까 하는 생각이 들었다.

세계에는 우리가 알고 있는 논리 이외에 또 다른 논리도 있을 수 있다는 생각이 들었다. 이쪽의 논리와, 그렇지 않은 또 하나의 논리에 의하여 세계가 존재한다고 한다면, 그 세계의 전체는 어떤 것이며, 어떤 구조와 어떤 메커니즘일까 하는 생각을 하게 된 것이다. 그 전체는 정체불명의 것이었다. 인간은 그 세계를, 그 세계의 말단 대리인을 통해서만 전체를 볼 수 있으며 이 정체불명의 세계와의 투쟁, 전체와의 투쟁, 그것이 카프카의 소설이 아닌가 하는 생각을 갖게 되었다.

■■■ 카프카의 작품 세계

현대사회의 방향성 상실을 낯선 세계를 통해 형상화

카프카의 문학에서 시적 주체는 역사적 현실에 대해 일견 무호한 입장을 취하고 있다. 현실의 경험들은 환상적인 요소들을 통해서 넌지시 그 모습을 드러내며, 심지어 상상적인 꿈의 세계로서 낯설게 다가온다. 카프카의 이야기들은 자아를 찾으려는 주인공의 시도가 — 비록 언제나 좌절하지만 — 새로움과 낯선 것들 사이에서 동요하는 구조를 지닌다. 전통적인 직선적 서사 구조와 구분되는 이러한 카프카의 회귀적 서술 구조 속에서의 주인공들이 보여 주고 있는 바는, 역설적으로 카프카 문학의 강력한 비판자가 된 루카치의 표현을 빌리면, "사회적 연관성하의 인간적 질서 속에서 하나의 행위가 지닌 고향 상실성이자, 또 초개인적인 가치체계가 지닌 당위적 질서 속에서 영혼이 보여 주는 고향 상실성"과 다름이 없다. 만일 카프카의 이야기들을 서사적 전통과 견주어 본다면, 카프카의 프로타고니스트들은 자신들을 둘러싼 경험적이고 정신적인 세계가 지닌 방향성의 상실만을 구현하고 있는 게 아니라는 사실이 눈에 띄게 된다. 카프카의 세계에는 시간·공간 및 인과성 등의 경험적 제질서의 지양으로 인해 나타나는 — 엠리히의 견해에 따르면 — '미궁적인 의미 상실'이 지배하는 세계인 것이다.

'중심의 상실Verlust der Mitte'이라는 메타포만큼 현대사회의 방향성 상실을 견주어 이야기하기에 적절한 표현도 드물 것이다. 구심점의 상실은 한 사회의 동질성에 대한 물음 자체를 불가능하게 한다. 더 나아가 계몽주의 이래로 그려 온 우리의 자화상은 언제부터인가 낯설고 빛바랜, 왜곡된 형상만을 보여 주고 있다. 파편화된 감각적 세계의 경계를 넘어서는 총체적인 세계 인식에 도달하려는 시도들이 도리어 덧없어 보인다. 구심점의 상실과 더불어 세계를 전체적으로 조망할 능력도 의지도 상실해 버린 현대의 프로타고니스트들이 지니는 선험적 문제성은 출구를 찾지 못할지도 모른다는 불안감을 가지고 미궁 속을 방황하는 자들의 그것과 다름이 없다.

카프카의 문학이 독자에게 주는 어떤 낯설음과 당혹감의 본질은 그의 문학적 형상들이 한편으로는 일상세계에서 일어나고 있는 소외화 과정과, 다른 한편으로는 그 결과 나타나는 주체의 소외되고 왜곡된 자아 사이의 모순을 형상화하고 있다는 데 있다. 제1차 세계대전의 경험과 새로운 문학적 발전에 대한 관심 속에서 여전히 헤겔적 변증법의 일관된 전개를 위해 『소설의 이론』의 집필에 심혈을 기울였던 루카치가 객관성과 개별성의 통일된 표현 가능성을 '형식'에서 보았던 반면에, 카프카는 '우연적이며 개

별적인 상황과 보편적 개념' 사이의 연관관계의 상실로 야기된 자아의 불확실성을 자신의 '암호화' 된 이야기 속에 감추고 있다.

카프카의 문학은 고전적인 미학이 붕괴되고 새로운 형이상학적 미학이 대두된 20세기 초, 인간존재의 문제가 예술영역 특히 문학 분야에서 크게 부각되었던 시기에 탄생하였다. 새로운 시대는 새로운 형식을 필요로 하며, 새로운 형식에 대한 올바른 이해는 새로운 태도를 필요로 한다. 1900년대 초반 서구의 문학사에, 특히 독일문학사에 나타나는 주제와 문체의 급격한 변화(소위 '독일산문의 혁명')를 주도한 호프만스탈, 릴케, 무질, 카프카, 하임 등의 '새로운' 글쓰기의 근저에는 이러한 현실 인식이 깔려 있다. 호프만스탈의 『찬도스 경에게 보내는 편지』를 시발로 릴케의 『말테의 수기』에서 정점을 이룬 일련의 새로운 문학적 태도의 바탕에는 더 이상 사실적이지 못한 현실세계 내의 인간의 반응 양상과 그 묘사 가능성에 대한 근원적인 질문과 회의가 자리 잡고 있다. 그러나 카프카의 첫 작품인 『어느 투쟁의 기록』은 시기적으로 『찬도스 경에게 보내는 편지』와 『말테의 수기』의 중간에 놓여 있지만, 말테와 찬도스가 사물의 언어를 이해하지 못하고, 여전히 로고스적 강박관념에서 이야기하기를 주저하는 반면, 카프카의 '나' 는 꼬리를 무는 이야깃거리를 패러독스적으로 독자에게 보여주고 있다. 지속적으로 대화를 요청하는 『소송』의 주인공은 결국 대화 요청이 받아들여지지만 곧 사형이 언도되고, 성 안으로 환영 받아 들어가고자 하는 『성』의 주인공은 여전히 성 아랫마을의 낯선 이방인으로 머물게 되는 카프카의 이야기 구조에서 '나'를 둘러싼 세계는 더 이상 우리네 삶의 기본 범주로서 이해되지 않는다. 엠리히의 표현대로 카프카의 세계에서는 패러독스한 것만이 유일하게 사실적인 것이 되고 있는 것이다. 이 점이 호프만스탈이나 릴케와 달리 객관적인 현실 인식의 어려움과 불가해성에 대한 '인식'에 기반한 고뇌에 찬 — '편지'와 '수기'라는 보다 친밀한 글쓰기 방식이 아닌 — 카프카적 관찰의 '기록(묘사)'을 가능하게 한다. 그러나 '초개인적인 가치체계'라는 굴레에 얽매여 야기된 조망 능력의 상실이라는 세계적 상황은 카프카의 문학에서는 '객관적으로' 반영되고 있지 않다. 카프카 문학에서는 심지어 주체가 매체의 역할로까지 축소되어 나타난다. 『어느 투쟁의 기록』 속의 익명적인 '나', 『성』의 측량사, 『선고』의 게오르그 벤데만에 이르기까지 카프카의 문학에서 모든 인간과 사물들은 목적에 이르는 수단에 불과하다. 카프카의 주인공들은 말한다. 자기 자신을 돌이켜 보는 것은 슬픈 일이며, 구원은 자신을 헌신하는 데서만 이뤄진다고.

사회적 소외화 과정으로 나타난 의식의 분열

카프카 문학이 지니는 난해성을 이야기하고자 할 때면 언제나 그의 전기적 요소가 지닌 양가성이 언급되어진다. 즉, 변방의 도시 프라하가 지닌 이중성, 아버지와의 갈등, 유태주의와 독일 문화전통, 시민적 삶과 작가적 삶의 괴리 등이 그것이다. 카프카 문학의 주체들은 곧잘 분열된 자아의 양상을 상징적으로 보여 주고 있다. 산문「그」에 나타나는 이분화된 자아의 모습, 즉 갈증을 느끼는 자와 샘을 바라보지만 갈증을 느끼지 않는 서로 개별화된 두 자아가 통합된 '그'의 모습 속에는 이질적으로 분열된 현대인의 사회적 소외화 과정이 투영되어 있다고 할 수 있다. 이런 의미에서, 카프카의 작품과 그의 언어는 사물화된 의식의 지난한 매개 시도의 귀결이라 할 수 있다. 예의 산문「그」에서 카프카는 프로타고니스트의 이질적으로 분열된 의식을 다음과 같이 묘사하고 있다.

그에게는 두 적대자가 있다. 첫 번째 적은 배후에서, 즉 근원으로부터 그를 압박한다. 두 번째 적은 그가 앞으로 나아가는 것을 막는다. 그는 이 둘과 싸우고 있다. 원래 첫 번째 적은 그의 두 번째 적과의 싸움에서 그를 돕고 있다. 왜냐하면 첫 번째 적은 그를 앞으로 몰아붙이고 있기 때문이다. 그리고 이와 마찬

193

가지로, 두 번째 적은 그의 첫 번째 적과의 싸움에서 그를 돕고 있다. 왜냐하면 두 번째 적은 그를 뒤로 밀어붙이고 있기 때문이다. 그러나 단지 이론상으로만 그렇게 보일 뿐이다. 왜냐하면 단지 두 명의 적대자만이 존재하는 것이 아니고, 그 자신도 역시 존재하고 있기 때문이며, 그리고 그의 의도를 누가 과연 알 수 있단 말인가?

이런 식의 삼원적인 세계모델, 또는 사회적 소외화 과정의 결과로서의 의식의 분열로 나타나는 당혹감은 카프카의 작품에서 자주 나타난다. 단지 산문 「그」 속의 프로타고니스트만이 근원을 찾아 나서는 것이 아니라 K, 요세프 K, 또는 칼 로쓰만 등도 역시 가고자 하는 길을 찾고 있지만, 그럼에도 올바른 길을 알지 못한다. 이 주인공들은 모두 근원에 이르는 길 또는 성에 이르는 길, 법 안으로 들어가는 방법, '아메리카'에서의 올바른 적응 방법에 대한 진정한 정보를 갈구한다. 카프카의 주인공들은 '정보 제공자' 또는 '중재자'를 찾아 길을 떠난 셈이다.

카프카의 프로타고니스트들이 지닌 갈망은 그럼에도 불구하고 일종의 미로와도 같은 것이다. 카프카의 주인공들은 눈앞의 세계에서 어떤 방향성을 제시받고 싶어하지만, 여전히 아무런 희망도 얻지 못한다. 카프카의 아포리즘에 따르면, "목표는 존재하나 길은 보이지 않는다. 우리가 길이라고 부르는 것은 망설임일 뿐이다." 중재자에 대한 갈망은 따라서 출구 없는 시속석인 과정일 뿐이며, 여기에서 찾아 나선 자는 그 자신의 내면적인 불신을 기반으로 좌절하도록 미리 프로그램 되어 있는 셈이다. 카프카의 주인공들은 누구보다 '선험적 지도' 가 방향성을 제시하던 '행복했던' 시대가 더 이상 존재하고 있지 않다는 것을 잘 알고 있다. 그럼에도 왜 길 떠나기를 아예 포기하지 않고 단지 망설이고만 있는 것일까? 이 망설임의 이유에 대해서 카프카는 자신의 유고에서 다음과 같이 표현하고 있다. "나는 길을 잃었다. 진실한 길은 밧줄 너머로 이어진다. 그 밧줄은 공중에 팽팽하게 쳐져 있지 않고, 단지 바로 지면 위에 쳐져 있다. 이것을 넘어 길을 가게 하기보다는 오히려 여기에 걸려 넘어지게 하려는 듯이 보인다." 여기에서 카프카는 진실한 길의 실재를 지적하고 있지만, 동시에 이 길을 감히 통과해 가기가 쉽지 않음을 암시하고 있다. 목적지에 도달할 수 있을 것인가 하는 문제에는 답을 주지 못하지만, 진정한 길의 존재는 새삼 입증되어 있다. 여기에서는 경계성, 정체성의 추구 그리고 모순성 등과 같은 특정 요소들이 공간적으로, 또 정신적으로 상징화되어 나타난다. 동시에 주체 의식의 사회적 연관관계로의 전이도 역시 발생한다. 이런 의미에서 카프카와 그의 프로타고니스트들을 우리는 '미궁 속을 걷는 자' 라고 규정지을 수 있을 것이다. 미궁은 그 속에서 길을 잃게 하기 위해서 — 잠시 길을 잃든지 아니면 계속 길을 잃든지 간에 — 존재한다. 미궁의 입구에서는 누구든 망설이기 마련이다. 왜냐하면 "어떤 지점에서부터는 더 이상 되돌아갈 수 없기 때문이다." 그러나 카프카에게는 미궁 속의 미로가 인생의 진정한 모습을 보여 주는 것이기도 하다.

카프카는 말하기를, 한 인간은 그 자신의 인생을 살아가는 방식을 자유로이 선택할 수 있다고 믿고 있지만, 결국 '미로와 같은 길'을 걷고 있는 것이라고 말한다. 인생은 말하자면 인간의 의지가 자유롭든 부자유스럽든, 그것과는 아무 상관없어 보이는 끝없이 방황하는 오디세이와 같은 것이리라. 미궁은 내면세계와 외부세계의 문제적 상호의존성을 보여 주는 본보기로 여겨지고 있으며, 카프카의 '문학 속으로의 도피'는 삶 자체가 더 이상 지니고 있지 못한 삶의 의미에 대한 추구로 이해되어야 한다. 이에 대한 카프카의 경구는 다음과 같다. "정신은 멈추어 있기를 포기할 때에만, 비로소 자유로워진다."

미로를 걷는 외로운 존재, 인간

일상적인 삶과 예술가적 삶의 분열은 낭만주의 이래 문학사에 확고하게 자리 잡은 주제어가 되었다. 19세기 말 니체의 절대적인 영향을 받은 심미주의에서는 사회적인 방향상실성과 미학적인 의미 추구 사이의 갈등에 예술가의 신비화와 삶에 대한 극도의 예찬마저 덧붙여지고 있다. 20세기 초에 이르러서는 이러한 갈등의 골이 더 깊어져서, 초기 표현주의자들이나 카프카에게서 보이는 바와 같이 전래의 꿰맞춰진 미학적 해결책들마저 취약해 보인다. 카프카 문학에서는 패러독스만이 유일하게 사실적인 것이고, 카프카의 패러독스한 문학세계는 자아의 특유한 현실 인식의 투영으로 나타난다. 약혼녀 펠리체에게 보낸 편지들 중에 거의 마지막 편지(1917년 9월 말)에서 카프카는 다음과 같이 기록하고 있다.

> 내 몸 안에 두 개의 자아가 투쟁하고 있다는 것을 그대는 알고 있는가. (⋯⋯) 내 안에서 싸우고 있는 이 두 자아는 (⋯⋯) 선한 자아와 악한 자아라오. 이 둘은 시시때때 한 번은 악한 가면으로 또 한 번은 선한 가면으로 바꿔 쓰는데, 이것이 이 혼란스러운 투쟁을 더욱더 뒤엉키게 만드는구려. (⋯⋯)

카프카 문학의 난해성 근저에는 작가의 내면세계가 지닌 문제성이 놓여 있는 듯하다. 카프카 문학을 관통하는 '자아의 이중성', 또는 분리된 '자아의 투쟁'은 현대 사회가 지닌 소외화 과정의 내면화의 한 양상으로 이해될 수 있다. 카프카의 프로타고니스트들에게 특징지어진 '정보 제공자'에 대한 추구와 카프카 문학의 삼원적 구조가 지닌 문제성은 출구도 없고, 방향성도 상실된 미로 속에서 어쩌면 '아리아드네의 실타래'를 고대하는 이의 그것과 견줄 만한 것이다. 카프카에게 그리고 어쩌면 그의 프로타고니스트에게, 더 나아가 이 시대의 현대인들에게는 '아리아드네의 실타래'에 이르는 길, 또는 '정보 제공자', '구원자'에 이르는 길은 '선험적'으로 봉쇄되어 있다. 카프카의 아포리즘에 빈번히 등장하는 '망설임', '내면적 투쟁' 또는 미궁적 메타포들이 보여 주는 바는 결국 카프카 및 그의 프로타고니스트들, 더 나아가서 동시대인들이 '되돌아갈 수 없는' 미로 속을 이미 걷고 있다는 것이다.

　외부적으로 사회적 현실의 '미로성'과 더불어, 내면적 자아의 분열은 마치 「그」에 나타나고 있는 것처럼, 진퇴양난의 형국을 자아내고 있으며, 카프카에게 있어서 문학적 행위는 그의 정신이 멈추지 않고 있다는 표현 양식('순수한 외침')으로 작용하고 있다. 그러나 불치병과의 관계 속에서 드러나는 카프카의 문학세계에서는 이미 삶이란 자기 정체성을 주장하는 표현 양태이기를 거부한다. 카프카는 자신의 글쓰기의 소재이자 주제였던 자신의 삶 그 자체에 대한 미련을 포기함으로써 자신의 미궁에서 탈출하려 한 것이다. 카프카의 다음과 같은 유고의 한 구절에서 그 해답을 찾아볼 수 있지 않을까 한다. "소유는 없다. 단지 존재만이 있을 뿐이다. 마지막 호흡이 끊어진 후, 갈망하는 존재가 질식한 이후의 존재만이 있을 뿐이다."

박환덕 (서울대 명예교수 · 독어독문학)

프란츠 카프카(Franz Kafka, 1883~1924)

■ 1883년

7월 3일, 아버지 헤르만 카프카와 어머니 율리에 뢰비의 아들로 프라하에서 태어났다. 누이동생 엘리는 1889년생, 발리는 1890년생, 오틀라는 1892년생이다. 카프카의 집안은 대대로 체코에 머물렀던 서양식 유태교 집안이었다. 아버지는 정육점 상인의 아들로 태어나 가난을 극복하고 자수성가한 중산층 가장으로, 체격이 거인처럼 장대해 카프카는 늘 부친에 대한 콤플렉스를 지니고 살았다. 어머니는 조용하고 온화한 성격으로, 명석한 두뇌의 소유자이며 지혜와 재치가 넘치는 현모양처였다. 어머니 집안 쪽으로는 학자며 종교인, 의사, 기인 등 시대를 이끌어 갔던 엘리트들이 많아 카프카에게 정신적인 영향을 끼쳤다고 한다.

■1889년~1893년

플라이쉬마르크트 초등학교에 다녔다.

카프카는 6남매 가운데 장남이었는데, 카프카 바로 밑의 남자동생 둘이 어렸을 때 죽어서 나이 차이가 많이 나는 누이동생 셋과 함께 자랐다. 성격은 내성적이고 신경질적이며 우울한 편이어서 늘 침울하고 어두운 분위기를 달고 다녔다. 어머니는 가부장적인 아버지의 잔심부름을 하느라 늘 정신이 없어서 카프카의 교육은 전적으로 학교에 의지할 수밖에 없었다. 따라서 카프카의 소년 시절은 남달리 외롭고 우울한 나날들이었다.

■ 1893년~1901년

알트쉬타트 독일어 국립 고등학교에 다녔다. 루돌프 일로비와 오스카르 폴라크와
교제했다.

프란츠는 유태계였지만 서양식 유태인의 가정에서 흔히 볼 수 있는 것처럼 독일
계 초등학교를 거쳐 중고등학교에 진학하여 주로 독일어로 교육을 받게 되었고,
후에 체코어를 배워 체코 문학에도 깊은 관심과 이해를 갖게 되었다.

■ 1901년~1906년

프라하의 독일계 대학에서 수학, 독문학과 법률학을 전공했다.

1901년 7월 국가에서 실시하는 고등학교 졸업시험에 합격한 다음 프라하 대학에
입학하여 법학을 전공하게 되었다. 법과를 선택하게 된 것은 아버지의 바람 때문
이었던 듯하다. 원래는 뮌헨 대학에 가서 독문학을 전공하고 싶어했다. 이때는 비
교적 건강하였으며, 대자연의 위대성을 찬미하며 문학작품에 푹 빠져 지냈다.
1902년 리보호와 트리쉬에서 방학을 보내며 막스 브로트와 처음 알게 된다. 프란
츠 브렌타노의 강의를 듣고, '루브르 서클'에 다녔다. 당시 괴테, 졸라, 헤세, 플
로베르, 디킨슨의 작품을 읽고 감격했다. 이후 토마스 만의 작품『토니오 크뢰거』
에 매혹되어, 문예지《노이에룬트샤우》에 연재되는 것을 주의 깊게 탐독했다.

■ 1904년~1906년

1906년 법학박사 학위를 받았으며, 그해 10월부터 1년간 법률 실습을 한다.
〈어느 투쟁의 기록〉(1906년), 〈시골의 결혼 준비〉(1906년)를 집필하였다. 오스카르
바움, 막스 브로트, 펠릭스 벨취와 규칙적으로 회합을 가졌다.

■ 1907년~1908년

1908년 7월부터 프라하에 있는 반관반민의 노동자재해보험국에 취직하여 1922년 7월 은퇴할 때까지 근무하였다. 《히페리온》지에 8편의 산문을 처음으로 발표하였다.

당시 보험국에 근무하면서 관료기구의 무자비성, 가혹성과 노동자들의 비참한 생활 실태를 몸소 경험했다. 이후로 작품 속에서 당대 현실을 풍자하고 해학하는데, 이때의 경험이 작품 속에 녹아들어 간 것이다.

■ 1909년

막스 브로트 형제와 리봐에서 휴가를 보냈다. '믈라디치 클럽'에 참여해 활발히 활동한다.

이때는 창작과 산책, 여행, 오페라 감상, 음악회 참석 등으로 그의 일생에서 비교적 여유롭고 즐거운 시간을 보내게 된다.

■ 1910년

일기를 쓰기 시작했다. 유태인 극단원과 사귀었으며, '판타 서클'을 방문하였다.

■ 1911년

프리틀란트와 라이헨베르크로 공무 여행을 떠났다. 막스 브로트와 함께 북부 이탈리아의 바닷가에서 휴가를 보내고 에를렌바하 요양소로 갔다. 유태인 극단과 극단원 이차크 뢰비를 알게 되었다.

■ 1912년~1913년

1912년 1월 〈실종자〉를 구상하였다. 7월, 브로트와 바이마르로, 융보른으로 여행을 다녔다. 8월에는 첫 번째 책 『관찰』을 편집하여 그해 12월에 출판하였다.

8월, 브로트의 집에 놀러 간 일이 있었는데, 그곳에서 우연히 베를린에서 온 펠리체 바우어 양과 알게 된다. 프러시아계와 유태계의 혼혈인 그녀는 첫눈에 그를 사로잡았다. 이 만남은 그의 일생에 있어서 획기적인 사건이었고 이후의 창작에 지대한 영향을 미치게 된다. 9월 22일 밤에 펜을 들고 다음날 아침까지 불과 몇 시간 만에 〈사형선고〉(1912년)를 한꺼번에 써 내려갔다. 9월부터 이듬해 1월까지 〈실종자(Der Verschollene)〉의 7장까지 완성하였다. 11월과 12월, 〈변신(Die Verwandlung)〉을 집필하였으며, 12월, 프라하에서 〈선고〉를 최초로 공개 낭독하였다.

1913년 부활제 때 베를린의 펠리체를 처음으로 방문하였으며, 『화부(Der Heizer)』를 출판하였다.

■1914년

베를린에서 부활제를 맞이하였다. 6월, 펠리체 바우어와 약혼했다가 7월, 파혼하였다. 〈소송(Der Prozeβ)〉의 집필을 시작했고 〈유형지에서(In der Strafkolonie)〉와 〈실종자〉의 마지막 장(章)을 완성하였다.

그 무렵에 장편 〈아메리카〉(1927년)를 쓰기 시작했고, 그 작품의 제1장에 해당하는 부분은, 〈화부〉(1913년)라는 이름을 붙여서 단편으로 출판하여 '폰타네 상'을 받았다. 또 그해 가을에는 문제작 중편 〈변신〉(1915년)이 완성되었다. 한편 그 무렵 펠리체 양과의 관계가 원만치 못해서 고뇌에 빠지게 된다. 1914년 여름, 베를린에서 정식으로 약혼을 하였는데, 그는 한 달도 못 가서 약혼을 취소해 버렸다. 펠리체에게 보낸 편지에서 "신혼여행은 생각만 해도 소름이 끼친다."고 고백했다.

■ 1915년~1916년

1915년 1월, 펠리체 바우어와 다시 만났다. 11월, 『변신』이 출판되었다. 이 무렵 그는 부모로부터 독립해서 생활하려는 계획을 세우고, 다음해인 1916년 2월에는 셋방을 얻어 집을 나왔다. 이 동안 〈심판〉의 원고는 많은 진전을 보았지만 밤에는 불면증 그리고 낮에는 두통으로 고생했다. 이 당시에는 『성서』와 괴테, 스트린드베리, 도스토예프스키, 파스칼, 크로포트킨, 키르케고르 등의 작품을 탐독하였다. 1916년 7월 마리엔바트에서 펠리체 바우어와 함께 휴가를 보냈다. 9월, 『선고』가 출판되었다. 11월, 뮌헨에서 두 번째 공개 낭독(〈유형지에서〉)을 하였고 단편집 〈시골 의사(Landarzt-Erzhlungen)〉를 집필하였다.

■ 1917년

7월, 펠리체 바우어와 두 번째 약혼을 했다. 이후 불과 두 달도 안 돼서 폐결핵에 걸리게 된다. 펠리체 바우어 양과의 애정 고민, 1차 대전 중의 경제적 고통, 그리고 부친과의 불화 등 물심양면으로 누적된 고난과 곤경은 폐결핵을 악화시키는 요인이 되었다.

그 자신은 각혈의 원인이 전적으로 정신적인 것이라고 주장하며 의사에게로 진단받으러 가는 것조차 거부했다. 무조건 3개월간의 절대안정과 요양소에 입원하는 편이 좋다고 권고를 받았으나 요양 대신 막내 누이동생 오틀라가 살고 있던 취라우로 전지하여 시골의 대자연 속에서 요양생활을 했다. 이 일을 계기로 펠리체 양과는 관계가 끊어지고 만다. 가을부터 이듬해 봄까지 잠언집을 집필했다.

■ 1918년

11월부터 슐레지엔에서 지냈으며, 율리에 보리체크를 알게 되었다.

■ 1919년

5월, 『유형지에서』를 출판하였다. 율리에 보리체크와 약혼하였다. 가을, 단편집 『시골 의사』를 출판하였다. 〈아버지께 드리는 편지(Brief an den Vater)〉를 집필하였는데 이 작품은 부자지간의 딱한 사정을 부각시켜 부친에 대한 자기 자신의 의식을 똑똑히 밝히는 동시에 자기 자신의 마지막 독립을 노린 것이었다.

■ 1920년

프라하에서 직장 생활을 하게 되었는데, 그때 동료의 자제 구스타프 야누흐와 알게 되었다. 야누흐가 기록한 〈카프카와의 대화〉(1951년)는 카프카 연구의 중요한 자료가 되고 있다. 4월부터 메란에 체재하였는데, 그곳에서 오스트리아 빈의 밀레나 예젠스카라는 25세의 여성과 교제하게 되었다. 그녀는 체코 명문 출신의 재색을 겸비한 여성으로서 이성과 정열을 고루 갖춘 유부녀였다. 밀레나가 카프카의 작품을 체코어로 번역하려고 한 것이 계기가 되어 두 사람 사이에는 사랑의 싹이 텄고, 율리에 보리체크와는 파혼하였다. 여름과 가을을 프라하에서 지냈다. 〈포세이돈(Poseidon)〉, 〈밤에(Nachts)〉, 〈법의 문제(Zur Frage der Gesetze)〉, 〈팽이(Der Kreisel)〉 등 단편을 집필하였다. 12월부터 마틀리아리, 타트라에서 지냈다. 로버트 클로프스톡(Robert Klopstock)과의 친교가 시작되었다.

■1921년

마틀리아리에 체재하다가 가을에 프라하로 돌아왔다. 〈최초의 고민(Erstes Leid)〉을 집필하였다.

■ 1922년

6월 말부터 9월 중순까지 플라나에 사는 누이동생 오틀라 집에서 지냈다. 〈성(Das Schloβ)〉, 〈단식수도자(Ein Hungerkunstler)〉, 〈어떤 개의 탐구(Forschungen eines Hundes)〉를 집필하였다.

■ 1923년

누이동생과 함께 뮈리츠라는 곳에 체재하게 되었는데, 그곳에서 도라 디아만트와 알게 되었다. 그녀도 역시 유태계로서 방년 20세의 아름다운 여자였다. 가정과는 인연을 끊고 베를린에서 살림을 꾸릴 결심을 하고 7월 프라하를 떠났다. 카프카와 도라는 베를린 교회 슈테그리츠에서 동거생활을 하였는데, 부친의 간섭과 속박을 벗어나 사랑의 보금자리를 마련하려던 그의 숙원은 일단 이뤄진 셈이었다. 10월에 〈작은 여인(Eine Kleine)〉, 겨울에 〈건설(Der Bau)〉을 집필하였다.

■ 1924년

〈가수 요제피네, 혹은 쥐의 일족(Josefine, die Sangerin)〉을 집필하였다. 여름에 네 개의 단편을 모은 단편집 『단식 수도자』가 출판되었다.

1924년 3월, 병세가 갑자기 악화되어 다시 고향으로 돌아가지 않을 수 없게 되었다. 후두결핵까지 발병하여 대화조차 제대로 못했기 때문에, 주로 필답으로 의사소통을 하였다. 4월 초에 프라하를 출발, 도라 디아만트와 로버트 클로프스톡을 동행하여 빈 교외의 키를링 요양소로 갔다.

1924년 6월 3일 도라가 임종을 지켜보는 가운데, 42세의 기구한 운명과 파란 많은 일생의 막을 내렸다. 프라하의 유태인 묘지에 매장되어 고이 잠들어 있다.